用脑袋照亮世界

张鲜明——著

河南文艺出版社
·郑州·

图书在版编目(CIP)数据

用脑袋照亮世界 / 张鲜明著.　-- 郑州:河南文艺出版社, 2025. 9.　-- ISBN 978-7-5559-1729-8

Ⅰ. I267

中国国家版本馆 CIP 数据核字第 2024FG5613 号

策　　划　王　宁
责任编辑　王　宁
责任校对　梁　晓
装帧设计　张　萌

出版发行　河南文艺出版社
社　　址　郑州市郑东新区祥盛街 27 号 C 座 5 楼
承印单位　河南瑞之光印刷股份有限公司
经销单位　新华书店
开　　本　890 毫米 × 1240 毫米　1/32
印　　张　11. 375
字　　数　262 000
版　　次　2025 年 9 月第 1 版
印　　次　2025 年 9 月第 1 次印刷
定　　价　68. 00 元

印厂地址　河南省武陟县产业集聚区东区(詹店镇)泰安路
邮政编码　454950　　电话　0371-63956290

梦在创造世界。

——题记

目录

第一札

第二札

第三札

第一札

世界的构成方式

在被海洋或蓝天包围着的地方，出现了一个巨大的平台。平台像荡漾的涟漪或溅开的云朵，朝四面八方轰然展开，并像向日葵的盘子那样分出一个一个细密的空间。太阳出来的时候，这里自动形成一个一个七十三平方米的玻璃房子。

这就是我置身其间的那个世界的基本构成方式。

玻璃房子像风中的花蕊，一簇一簇，又像水中的珊瑚，摇曳着，漂荡着。玻璃房子里只有春天，有一种不可言说的温暖和舒适感。只要有一点水，房子的每个角落立即长满青苔，风一吹就干了。

这些玻璃房子连接起来就是一个绵延的街市，人流熙攘，人们或飞翔或游荡，飘逸，自在。特别是小孩子，他们是一畦一畦嫩生生的葱秧儿。一个声音说："这个年龄段的人，都得住在这里。"它指的是那些婴儿。难道这是世界的育婴室？

一个年轻人，帅得像韩剧里的男生，他用意念向我无声地讲述着这里的美妙。在这里，可以听到各种声音：钟表声、脚步声、草木拔节声，还有虫鸣，等等。一切声音都是那样柔和而清晰。 各种声响均匀地传递到每个角落，每个角落的音量是相同的。

就在我发出阵阵惊叹的时候，脚下的平台突然沿着顺时针方向旋转起来。

我知道，世界，要以一种新的方式重新组合了。

窑神

他们说我尿裤子了，我却一点感觉都没有。 原来，是我的裤子在撒尿。

听到人们的喊叫声，我朝屋里跑去，发现椅子上放着我的裤子，裤子是湿的，裤裆那个地方正在向外撒尿。 我大窘，赶紧上前制止，裤子却依然尿着。 我急忙用手去捂，捂不住，就接了一捧尿。

我捧着尿，不知道该怎么办。 那一捧尿在我手里越来越大，最后变得像储藏红酒的木桶那么大，却是长方体的。 这尿在我手里呈固体状，像一块冰，但并不重。 我抱着它。

我出现在一个像是厂房的空间里，我知道，这是某人的工作室。 有一个人，白脸，微胖，五十多岁，盘腿坐在一个土坛上，浑身光芒四射。 许多物质和能量，以各种图案的形式在空中飘转着，从四面八方往这个人的身上聚集。 看起来，这是一个法力无边的人。

他微微一笑："来，给我。 我可以把它烧成瓷器。"他的嘴唇并没有动，他是在用意念跟我说话。

他是窑神！

我把尿送上去，他用手比画了几下，那块尿立即变成一件雅白色瓷器。

现场有许多人，我们一起把这件瓷器抬到一个圆形大厅中间。这里是展室，放在中间的一定是最贵重的艺术品。这时候，再看那瓷器，它像是一块长方体石头，顶部的边缘有明显的凹凸。这凹凸，起伏有致，自然流畅，有水的质感。我知道这是一种艺术效果，而其他人却不明白这一点，他们围着这瓷器，盲目地看着，胡乱议论着。我对他们说："这是在表现水的效果。"

窑神依然坐在土坛上，手在空中比画着，说："我能把风烧成瓷器。"

风，怎么可能烧成瓷器？

正惊异间，我的眼前出现了一个像门板那么大的瓷板，上头果然有风的痕迹。

现场乱哄哄的，有人从大厅——也就是展室——四壁的洞龛里往外掏东西，他们掏出来的是一只一只土碗。我这才发现，这个展室原来是由土窑改装而成的。这些土碗的存在，是为了反衬展室中间那些艺术品的价值，所以，人们一摸，那些土碗就碎了。

一个意念对我说：这些土碗，其实是窑匠的脑壳。烧窑是很费神的，当窑匠把自己脑子里的想法烧成了瓷器，他的脑袋也就成了空壳。

怎么会是这样？

地上放着一些石头，其中有两块长方形石头在跟我打招呼，它们的意思是："看我，看我！"

那两块石头上蒙着灰土。我用手慢慢地拂去灰土，一遍，一遍，用力地擦着，渐渐地，看出这是人的面孔。我能感觉到，这两张面孔在主动往外浮现，就像是从水中浮出来的两幅肖像画。我知道，这是两个人正在从地下往外拱。

四周没有一个人影，连窑神也不见了。那两个人从石头里坐起来，伸着懒腰，打着长长的哈欠。其中一个说："走嘞，活动结束了。"

这腔调，是那样的熟悉。

生活在《红楼梦》里

好像有一个人——不是人，而是意念——在前头引着我，让我沿着一条像管道似的黑暗走廊往前去。眼前是一种从未体验过的黑，这黑，有些黏稠，像泥浆，使我的脚步颇感费力。

隐约看到一排牙齿，又感到这是一排白色门窗。那个引领着我的意念告诉我："这是《红楼梦》，你要在这里生活七天。"那个意念接着说："《红楼梦》其实是一座城，这城是由七个器官构成的，分别是脑、心、肝、脾、肺、肾、胃，而肠子就是街道。你要在每一个器官里生活一天，一共七天。"

还没明白过来，我已经来到一个地方。只见满天都是星星，这些星星相互交织，构成一张巨大的闪光的网。看着看着，星星们沿着一个中心旋转起来，形成光的旋涡。我意识到，我是一个细菌，被这网粘着，在跟它一起旋转。我不想这样。我只是想来这里看看，怎么就被粘住了呢？

天黑了，我的身体开始延展，变得大而稀薄。那个意念告诉我："夜晚，你要和这里的东西融为一体；天亮的时候，可以变回你自己。"我不知道为什么要这样，既好奇又恐惧。没等我回过神来，我已经变成一片黏膜，向上飘起。

我飘飘荡荡落在一个地方，一看，是一座院子。我突然明白过来：原来，一个器官就是一个小区。我不知道这个小区的名字，只见这里的房子样式很奇怪，就像是气泡。气泡忽大忽小，蠕动着，让我站立不稳。我看见一扇一扇屋门上悬着匾额似的东西，上头有字，是某种象形文字，我不认识。我想，这大概是《红楼梦》的另一个版本。

在这里，我是可以飞的，这大概就是细菌的好处。我从墙头向上一跳，就飞到另一座院落的房顶上。从这里，可以看到整座城。一条又一条街道，连着一片又一片房子。房子都是暗红色的，像摇曳的珊瑚。城里不见一个人，空中弥漫着“切切切切”的声音，像念诵，像低语，又像是雨声。

不知道这是第几天，我走在一条小路上。我当然知道，这路就是肠子，它弯弯曲曲地通向一个青灰色圆形门洞。这是我小时候读书的那所学校的月门。过了这个门，天色突然大亮，眼前是一片白茫茫的虚空。

这是出城了吧，接下来我该往哪里去?

对了，我得写篇读后感。可是，我不知道自己现在是什么样子，如果我依然是细菌，怎么写东西呢?

听见浪涛的声音。我明白了：这城其实是一个孤岛，四周都是海水。

用脑袋照亮世界

一条走廊。 说它是街道也行，它看上去就是一个带回廊的街道。 这是在一个古镇上。 走廊左侧已经垮掉，露着天，空空荡荡；右侧是一排老式门面房，矗立着一扇扇破烂的门板和一个个腐朽的木头柱子。 这充分证明：世界，是一条只剩下半边走廊的街道。

当我来到这里的时候，右侧走廊的每个门板之间都挤着半张人脸，以及一只只眯缝着的眼睛。 这是一场魔术表演，那些人脸和眼睛在偷窥世界，也偷窥我。 我置身于一个凶险之地。

我必须逃跑。

作为一个人，我的目标太大。 呃，有办法了：让我的脑袋先跑。 脑袋是圆的，可以悄无声息地滚动。

我摘下脑袋，像打保龄球那样将其往前一抛，它立即沿着街边的水沟往前滚。 街边的门板，像翻动的书页那样，哗哗地往后退。 我的脑袋越滚越快，那些门板和被门板夹着的脸开始虚化，越来越虚，最后变成了一条灰白色影子；至于那眯缝着的眼睛，就不用说了，简直就是一根抽动的绳子。

我那滚动的脑袋继续加速，终于，被空气点燃，“砰”的一声，变成一个火球。它，燃烧起来了！

“我的脑袋！我的脑袋！”我紧张而兴奋地吆喝起来。

四周一片光明。

是我的脑袋照亮了世界！

我把这一幕看得清清楚楚，既为我脑袋独特的逃跑方式及其照亮世界的美好结局而深感自豪，又为自己不得不身首分离而感到悲伤。我站在那里，很想发表一番演讲，却不知道说啥才好……

涅槃

有一个男人，他穿着肥大的、皱皱巴巴的病号服从一口玻璃鱼缸前走过。 鱼缸很大，就像防火用的大水缸，里头游动着五颜六色的金鱼。 可能是被鱼缸折射的缘故，那人突然变形，肚子大得像要爆炸，腿却细得像鸟儿分叉的尾巴。 他像动画人物那样，一动一动，缓慢地走着；不是在走，而是在地上蹭。 看起来，这是一个既老迈又虚弱的人。

那个人明明是从鱼缸前面而不是后面走过的，怎么会出现那种折射效果？ 我在一旁看着，觉得很奇怪。

看着看着，那个男人的脑袋缩到病号服里去了。 原来，我刚才看到的并不是一个人，而是一只蚕；所谓病号服，其实就是蚕茧。 我突然明白，那病号服为何看上去如此皱巴，那是蚕身上的纹路。

一只蚕活到一定的时候，就能修炼成人？ 或者，一个人活到一定的时候，就会蜕变成蚕？ 我走上前去，想看个究竟。 这时候，蚕茧像一口灰色布袋戳在地上，就在鱼缸旁边。 空气变成了深蓝色，看样子，有非同寻常的事情要发生了！

蚕茧上部有一个口子，向外翻着，隐约可见里头有一个东西，猛一看，是个黑色的圆点儿在微微晃动；细看，它虽然只有拇指大小，却是人头形状。 就在我朝它观看的时候，那人头突然仰起来。 啊，是一张人脸，有鼻子有眼！

怎么有点面熟啊？

天啊，蚕茧里的人，竟然是我！

此时，那个“我”的脑袋已经恢复到正常人的脑袋大小，却依然被紧紧地卡在蚕茧里。 我紧张地环视四周，一边防止被人发现，一边想着解救那个“我”的办法。 蚕茧里的那个“我”显然也看见了我，冲我快速地眨眨眼，并通过意念告诉我：“没事儿，我正在涅槃。”

又一个意念——不知道是那个“我”传达给我的，还是一个独立的意念——在说：“有的人，可以让自己出生。 这是功夫。”语气里颇有些炫耀的意思。

一个人，真能从自己的体内诞生？

好像是为了回答我的疑问，一双手臂从那个蚕茧里慢慢地伸出来。 那手臂，白生生的，像藕，新鲜、水灵，却又肌肉饱满，粗壮有力。 两只手掌，很大，像簸箕，先是在空气中抓了几下，接着把手指撮起来，形成鸵鸟头的形状，朝四下里晃动几下。 这是准备动作。 接下来，那双手臂缓慢而有力地伸向鱼缸外沿；鱼缸，也主动地向手臂靠拢。 我明白了：蚕茧和鱼缸在进行合作——鱼缸为蚕茧提供能量。

感觉那手臂不是在拽着什么，而是像藤蔓那样在快速地往上爬，是那样的自然而轻松。 莫非一个人出生的时候，是手先出来的？ 看来，这个人——也就是那个“我”——的手是秘密武器。 这充分说明，人是靠手在世界上活动并获得能量的。

这么想着，一眨眼，蚕茧里的“我”已经站在了地上。

新生的“我”，蓝上衣，黑裤子，皮鞋锃亮，脸上粉嘟嘟的，呈现出婴儿肥，眼睛乌亮，年轻，精神，帅气。他——也就是那个“我”——看了一眼四周，带着婴儿般的眼神，转身离开了。

蚕茧和鱼缸所在的地方，生出了一大片芦苇。这些芦苇，有一种虚拟的性质。这是一个标志。它出现在这里，是为了证明，刚才发生的一切，是真实的。

拯救黑暗

这地方，像是山顶，又像是高空。我的脚下，远远的，有一片深渊，像大海一样汹涌、鼓荡，隐隐传来轰隆轰隆的水声。这深渊，连着大海。

就在我朝下观看的时候，一只肉乎乎的虫子从水面上——也许是从虚空里——浮上来。一个意念告诉我："这虫子叫'黑暗'。"我知道，是那鼓荡的大海把它送上来的——深渊是它的窝儿。

我背着一只布袋。不知道是在什么时候，那虫子钻到布袋里来了。此刻，虫子从布袋里探出头来，一边大幅度地摇头一边对我说："我听见了你的心跳，说明你是萤火虫。"它是在提醒我：用你的心拯救黑暗。

心，怎么拯救黑暗呢？

我朝深渊的边缘走去，边走边用力地把胸口向外扒开。我这样做，是为了让我的心亮起来。

果然，我看到，我的心是一只灯泡，在胸腔里一明一灭。

我在深渊边上站着，这就是拯救黑暗——我的心亮着，就是为大海标出了边界；标出边界，就证明大海是存在的；既然大海是存在的，就证明黑暗是从海上浮出来的；既然黑暗是从海上浮出来的，就证明黑暗真的是一只虫子。

我为自己的善举和严密的推理而深感自豪，志得意满地扭头看了一眼脊梁上的布袋。此时，布袋已经空了。

那只叫“黑暗”的虫子，到哪儿去了？

哦，也许是钻到我的头发里了——我的头发是黑的，那么，它就是黑暗的巢穴。从此，我就是一个顶着黑暗在阳光下走动的人。

汉字为我安装脊骨

一大堆汉字奔跑着往一块儿集合。它们从我眼前经过的时候，由于速度太快，以至于身影变得虚幻。一个意念告诉我，这些汉字是在搞一项工程，就是以叠压的方式形成一个脊骨，并把它安装到我的身体里。

汉字们集结完毕，黑压压一大片。它们像一群蜜蜂那样，头对头“嗡嗡嗡”地窃窃私语，把我的身体撂在一边。它们当着我的面举办项目论证会，并做出了为我安装脊骨的决定，既不征求我身体的意见，也不征求我本人的意见。

为了庆祝立项成功，汉字们彼此拥抱着跳起探戈。我的身体成了汉字的衣裳，被拖拽着来回扭动，就像是一个笨拙的陪舞者。

我的身体感到羞耻和愤怒。可是，裤子能管住大腿吗？那些方块字激情高涨，身体只好被动地跟着它们摇来摆去。

我在一旁目瞪口呆，不知道是该支持汉字，还是该替我的身体打抱不平。

在脚窝里尖叫

我走在一个平缓的山坡上。山坡是一整块石头，像一张平铺的牛皮，灰黑色，风化得很严重。

走着，走着，我的右脚突然陷到石头里去了。脚是慢慢陷进去的，仿佛踩在一块硬泥上，等我拔出脚来的时候，石头上留下一个脚窝，到膝盖那么深。

明明是石头，脚怎么就陷进去了呢？

我弯腰朝脚窝里看去。脚窝底部有一棵青草，是小时候在田野里常见的那种“乱秧草”。这棵草原本是匍匐着的，此时突然抬起头，挺起黄绿色的茎，举着细长的叶子，像在延时摄影中所见到的那样，快速向上摇曳，边生长边传达一个意念：“如果长到与地面齐，我就可以开花了。”这无声的话语，像是对我说的，又像是在自言自语。

我惊奇地看着那棵青草，一个声音从脚窝里传出来：“我的脚窝很深，我在我的脚窝里尖叫。”

脚窝里明明只有青草，那么，是谁在说话？

那棵青草即将冒出脚窝，它的顶端出现了一簇翠蓝色的细碎的花蕾。这些花蕾化作众多小嘴巴，在快速地一张一合，刚才的声音就是它们发出来的吧。

冒充上帝的人坐在那里

这里有很多树。有一些树就在我脚下的山谷里。

一个声音说：“世界是一棵树，每个树枝的长度是一百万年。”

这是什么意思呢？这么想着的时候，我发现自己站在一棵树前。这棵树只有普通农家的房檐那么高，却很古老，跟山一样古老。它不仅古老，而且每个树枝都指向一个星座。

我走上去，把四个树枝系在一起，这树就变成了一座房屋。我后退几步，端详着，觉得这房子虽说露着天，却很有创意，简直称得上完美。

树枝结成的屋子里，坐着一个人。

他就是冒充上帝的那个人。

这个人，是我老家的一个风水先生。他长着几根稀疏的胡须，戴着黑色瓜皮帽，很严肃。他看见我，却不搭理我。我知道他这是在装腔作势。我走上前去，给他戴上一个花冠。我这样做，是为了指认他。

做完这些之后，我突然感到无聊，就站到支撑房屋的枝条中的一个上头，一个纵身，朝着一颗蓝色星星弹跳过去。

没想到，那颗星星突然跑起来。我脚下一空，就要掉下去了。

卖命

那人把我带进一个大厅，他在为我介绍工作。

这里不是大厅，而是一个像大厅一样宽敞的走廊，无边无际，深不可测。 这是什么地方？ 我知道，这是不能随便问的。我是一个懂规矩的人。

灯依次亮起来，我看见两边的墙壁上钉着一个一个人体。被钉在墙上的人依旧生龙活虎，他们像模特那样摆出各种好看的姿势。 天花板上悬着一个一个人体器官，一颗巨大的心脏在呼哧呼哧跳动，像鸣叫的蟾蜍，一鼓一鼓的，很夸张。 我知道，这是广告。

那人带我继续前行。

一个大胖子迎面走来，他顺手在墙上某个人体的胸口处抓了一把，是一块血。 大胖子对我们客气地笑着，用商量的语气问我：“那货卖腿，这人卖头，你卖什么，是心，还是肺？”

妈呀，我被带到了一家人体公司！

我不知道该如何答复。

“傻子，傻子，来了个傻子，不知道要卖啥子！ 哈哈哈哈……”墙壁上传来一片歌吟，夹杂着尖厉的笑声。

带我来的那个人很害臊，急忙拉拉我的手，小声说：“你就说卖命，卖命！”

这是黑话或是暗语吧，我跟着重复了一句。

灯，一下子灭了，四周鸦雀无声。

随即，远处闪现一个亮点，一道光芒像蛇一样弯弯曲曲地朝我游过来。我知道，我的回答正确。开——门——大——吉——！

哈哈，对上暗号了，我成功了！

大地的一滴汗

大地一片混沌。一个水滴，正从地缝里往外拱。它就像是钻出地面的鼹鼠那样，以一种惊讶的、新鲜的眼神看着这个世界。

那个水滴，竟然是我！

我怎么可能是一个水滴？或者，一个水滴怎么可能是我？可是，那个意念就是这么说的。我好奇地盯着那个水滴看，并对它进行研究。它真的是水滴吗？如果是，就应该是上头小下头大——这符合重力学原理；而它，竟然是浑圆的，这显然不符合逻辑。还有，水滴只可能从上往下滴，这也是重力学原理所决定的；而它，却是从地下爬出来的，这显然又违背了科学原理。这一切都在表明，它不是水滴，而是另外某个东西，譬如，是一个人，或是某个生灵。既然它有可能是人，那么，就有可能是我。想到这里，我不好意思起来，搓着手，绕着眼前这个令人生疑的水滴团团转，就像犯了什么错误似的。

眨眼间，那个水滴已经完全出现在地面之上。它圆圆的，有半间房子那么大，蓝灰色，像一个气泡，又像一轮明月，却是一个平面，薄似蝉翼，虚虚地悬在那里，与地面若即若离。一个意念说：“它要变成翅膀。”

我好奇地看着它，看它接下来会往哪里去。

那个水滴微微晃动了几下，显得犹豫不决。一个声音说：“我是大地的一滴汗，我要到天上去。”这是水滴在征求我的意见，并想让我帮助它。

太突然了，没有任何精神准备，我站在那里，茫然地看着这个水滴。过了一会儿，我突然明白过来：这个水滴既然是我，我就应该帮助它；帮助它，就是帮助我自己。可问题是，怎么帮它呢？我紧张地思考着。

呃，有了：我可以在这个水滴接近地面的地方安装一个尾鳍。这个水滴如今已经修炼成了翅膀，却仅仅因为没有尾鳍而不能飞；有了尾鳍，它就可以飞了。

我发现了一棵树。这是一棵虚拟的树，它通体透明，树干像羽轴，枝叶似羽毛，用这个东西做尾鳍应该最合适！我的心一阵狂跳。

可是，就在我拔出那棵树，要为水滴安装尾鳍的时候，一转身，那个水滴不见了！

我一急，抱起那棵树，一跳，飞起来，在空中大叫：“尾鳍——尾鳍——！”

命运呈现

山谷里有石头有草还有树，但这里看上去更像是街市。有一群人，他们边缓缓地比画着太极拳似的动作边低声说话，看上去像是在拍电影。我知道，这不是在拍电影。那么，他们是在干什么呢？

一个意念说："一切都会按照预定程序一一呈现。"

又一个意念说："这是对你人生的回顾，也是对你命运的预测；最终的结果，等到那三个头上长角的女人出现的时候，你就知道了。"

伴随着这些意念，一组画面在我眼前次第展开。我像看电影那样，看着闪现在眼前的人物与场景。

首先出现在眼前的，是我老家白桑关镇的街景：吊脚楼、石板路、小石桥，还有哗哗流淌的河水……多么熟悉，多么真切！是的，是白桑关！既然我看到了白桑关，就证明正在呈现的一切都是真实的。这么想着的时候，我来到一个小山包上，这是我小时候家对面那座山，这更加证明，这是对我过往人生的回顾。这时候，我遇见一位作家，我们是老朋友了，他微笑着跟我说话，讲了一些只有我俩才知道的十分私密的事情。这让我更加确信，我进入了那个预定程序之中，此时正在回顾我的人生，接下来呈现的将是对我命运的预测。

一转眼，无数人影、信息和场景在我眼前浓缩成一团烟雾。从这团烟雾中分离出无数张面孔，它们铺天盖地，像抽油烟机风口的烟雾那样以极快的速度往一起聚拢，随即合成为一张人脸；准确地说，是合成为一个极富立体感的、雕塑般的人脸模型。呃，在人脸模型上，竟然出现了我的一些领导、熟人的嘴巴和眼睛，这些嘴巴和眼睛在一张一合地跟我打招呼。这是怎么回事？莫非想以此证明这个人脸模型——其实是构成模型的那些人物——是真实的？想找人问问，四周云雾苍茫，见不到一个人。随即，我看见无数的胳膊和手像龙卷风一样扭结着，扶摇直上，伸向天空。我知道，如果沿着这个东西向上攀爬，就能抵达天穹。可我害怕，就站在原地没动弹。

一个意念说：“这是时间的作用——时间可以让事物浓缩和变形。”

又看到先前遇见的那些人，他们依然在演绎人生。我又回到当初那个叙事链之中了。我坐在那里观看。这是山谷中的一个陡坡，自上而下，那些我认识的、不认识的人都在比画着。我看见了报社的一位同事。看见他，我就知道，接下来该呈现我在报社的这段经历了。我已经猜出来，接下来将会出现哪些场景与细节。这时候，我突然好奇起来：这毕竟是我刚刚经历过甚至是正在经历的事情，我倒是要看看，它会真实、精确到什么程度——会不会是一部倒放的纪录片？

此时，演绎我人生的那些人都还在，可是山谷已经变成了街道。街上人来人往，烟雾腾腾，所有的人都面容模糊。突然，在熙来攘往的人流中出现了三个头上长角的女人。

天啊，真的，是三个头上长角的女人！她们的后脑勺上都长着鸡冠似的东西，是骨质的，就像是古代武士头盔上的角状装饰物。我知道，她们的出现，是征兆，也是验证。她们一声不吭，徐徐地从我面前走过。从她们的神情看，她们在郑重地提醒我：注意看我们，一定要看！

三个头上长角的女人的出现，意味着接下来我将看到自己的未来。意识到这一点，我既兴奋又难过：预知未来，这是多少人梦寐以求的事情，偏偏给了我这个特权，这是何等的幸运！但问题是，如果提前知晓了未来的一切，等到真正去经历那一切的时候，人生不等于是一场无聊的重复吗？人生如果失去了悬念，还会有梦想、渴盼和奋斗的激情吗？这样的人生，还有什么意思！

这么想着的时候，我看见了两位领导的脸。他们瞥了我一眼，意味深长地笑着，什么也没说。难道是那三个头上长角的女人把我的未来通报给了我的领导？那么，他们的表情是什么意思——是在嘲笑我，还是在暗示和提醒我什么？从他们的表情里，我猜不出任何答案。

突然，街上的人开始漫无目的地四处乱窜。这里的秩序，因三个头上长角的女人的出现而大乱。她们换上了灰蓝色粗布紧身衣，扎着绑腿，一声不吭地走着。从她们的步态看，她们也是在漫无目的地走动，就像一团飘忽不定的影子。一种紧张感在她们的周围弥漫开来，空气变得凝重。

我目不转睛地看着那三个头上长角的女人，既担心自己未来生活场景会突然出现，又期盼着它的出现。心里一乱，分了神，再看那三个头上长角的女人，不知道她们跑到哪里去了。我慌慌张张地来回奔走，却不知道接下来要发生什么事情……

在三十六重天上

那些追捕我的人离我已经很近了，越来越近。我看到，那是一队人马，满街都是，他们四处寻找我。我仰面躺在院子的一个墙角，一柄巨大的钢刀穿过墙体从我面前划过，我成功地躲了过去。

他们知道我就在这一带，所以就朝这里投掷手雷，想把我轰出来。我没有上当。从我所在的地方，可以清楚地看见他们，他们却看不到我。虽说如此，我觉得还是尽快离开这个地方为好。

我来到一面山坡上。这山坡其实是一把梯子，我手脚并用地沿着梯子向上爬。我的身体被稠密的树叶掩盖，这增加了我的安全感。

就在我爬到一定高度的时候，梯子突然变成一部电梯，闪电般把我送到了云层之上。如果继续向上就会到达天外。天外不是人间，到了那里，我也就可以完全摆脱追捕我的人。但问题是，作为人，我没办法在人间之外生活。

我用尽全力把电梯向下压，并用意志力进行操控，终于使电梯一点一点向下运动。我依然担心回不到地面上，于是就跳到离电梯很近的一个平台上。这是山体的一部分，是一块巨石。从这里，我看到天幕上出现了一串闪光的数字。细看，这是一个荧屏。荧屏上的这串数字中，最大、最显眼的两个数字均是6。这两个6是错开的，不在一个高度上，这就说明，它并不代表66，而是一个密码。想到这里，我突然明白过来：这两个6之间，是乘法关系。六六三十六，那么，其暗含的意思就是三十六重天；也就是说，此刻，我置身于三十六重天上。

我在三十六重天上，那些追捕我的人是无论如何也抓不到我了。哎呀，太好了，太好了！

可我，还是不放心。我觉得，最好是能用云彩把我裹起来，让任何人都看不到我。这么一想，我的四周就真的出现了许多白色云朵，这让我很是满意。

我突然醒悟过来：虽说这里足够安全，但毕竟不是人间，我一直这么躲下去，也只能是死路一条！我急忙寻找刚才那部电梯，我愿意冒死回到大地上；可是，电梯消失了。

天啊，我中了他们的圈套：无人的地方即牢狱！

把路扛在肩上

远远看见有一个人，那是个男人，正撅着屁股把他脚下的一条土路搬起来。我知道，他是要把路搓成香肠。

那人像做蒸馍那样，把路搓成一个浑圆的长条。搓了一阵之后，他拿起刀来，飞快地切着。

起风了。风，把路的切片吹向天空，就像是无数飘飞的树叶。

我感到好奇，想看看他采用的是什么工艺，竟然能把路切得那样薄。几个大汉挡在那人四周，不让我靠近。

那个切路的人对我说："你的担子太重，会把路压塌。"

他这么一说，我脚下的路浑身一抖，突然站立起来。原来，这路其实是一些砖头，此时它们叠加起来变成了一堵墙，直愣愣地挡在我面前。

事情严重了。

我不知道该拿这路怎么办，只好把它像麻袋那样扛在肩上。

死刑

事情起因于一场考试。

我和一位朋友在考场上舞弊了。考的什么，怎么抄袭的，不清楚；但可以确定的是，有关方面认定我们抄袭。

关于舞弊这件事，没有人证，没有物证，也没有任何人、任何机构出面指控和审判我们。此刻，是一个意念在控制着我，这个意念说："你，犯罪了。"于是，我知道自己犯罪了。

在那个时刻、那个场合，舞弊的后果是十分严重的。那个意念清晰而确定地告诉我："你被判处死刑，立即执行！"

这是一个很荒凉的地方，像是一个院子，从这里能看到院墙外头光秃秃的山岗和一条条土路。一转眼，我置身于一个地下车库，这里幽暗而空旷。这是我的家。去世多年的父亲，此时竟然出现在家里，他的身边站着我的母亲。我站在二老面前，与他们告别。那个意念在对我说："快点，你就要死了，就要枪毙你了！"父亲和母亲已经知道了这件事情，他们木然而无奈地看着我，没有一点办法。

我站在院子里，与父母泪眼望泪眼。

那个意念在催促我："快点，要执行死刑了。"

我跪倒在地，朝父亲磕头。我的脑袋像敲木鱼那样在地上磕着，磕得咚咚响，却毫无疼痛的感觉。磕过头之后，我发现自己脚上穿着一双新皮鞋，就对父亲说："我死了，这鞋子就浪费了，给我换下来吧！"被枪毙之后，我的尸体是要被火化的，我的新鞋子会被烧掉，那将多么可惜！父亲拿来一双纸拖鞋，我穿上之后，父亲用一把不锈钢剪刀在我左脚的拖鞋上剪了两个口子。这是最后的纪念。

接着，我给母亲磕头，一边磕头一边哭。我哭着说："爹啊，妈啊，我养活不了你们了！啊啊，我……不想死啊！"我一边哭一边悲愤交加地想：好好的，我怎么就要死了呢？而且是被枪毙！我知道，愤怒归愤怒，这是无法摆脱的命运。

那个意念对我说："走吧，人家还在等着呢！"

这时候，我看见我的弟弟。我竟然有一个弟弟！他是一个小不点儿，此时正站在我家的门槛上，脸上挂着鼻涕。我一把抱住他，哭着说："我把爹妈交给你了，你就替我尽孝吧！"我把他抱得太紧，他的脸蛋儿都扭曲了。他没有说话，以一种单纯的表情看着我。他太小，还听不懂我的话。

屋里有许多人，大多是我的亲人和邻居，其中就有负责监督并执行我死刑的那个人。我想逃跑，我想有一把枪。可是，我知道我跑不掉。我没有枪。

一转身，看见屋里的钟表，指针指向 5 点，是下午 5 点。

"啊，已经 5 点了，不能再拖延下去了，人家在等着呢！应该走了，不能再等了。"那个混杂在我的亲人和邻居中间的人，是一个女人，她在用意念催促我。原来，她就是用意念控制我并负责枪毙我的那个人。在她的监督下，我很不情愿地朝门外走去。我必须跟她走，我是一个守信用的人啊！

我怒气冲冲，感到自己就要爆炸了，却又很无奈。

要是有一把枪就好了，我要反抗！也许，他们会在我反抗的时候打死我，但这也比被拉出去枪毙强啊！

上哪儿弄枪呢？我四下张望。

我没有枪……弄不到枪……我什么也不能干，只能等死！

在通往刑场的小路上，我突然明白过来：啊，他——我的那个朋友——为什么就没有被判处死刑？为什么？！我们犯的可是同样的事儿啊！

我狂怒了。

那个女人用意念对我说："在上诉期，你为什么没有上诉？现在，一切都晚了。"

是的，晚了。就是啊，当初我为什么没有上诉呢？想起来了，是因为当时我正在忙着一件工作，是在执行上级安排的任务……或者……是因为……哎呀，心里乱得很，一时想不清楚。

那个伙计，他总是比我幸运，我俩犯的是同样的事，我要被枪毙，而他却没事儿，这是为什么？！

我来到一处空地上。这里荒草萋萋，十分空旷，这就是刑场。一个巨大的黑色影子像云朵一样飘过来，这是一只正在降落的秃鹫。我知道，它是来吃我尸首的。我要是能变成一只秃鹫就好了，唉，如果是那样，我就可以逃走了……

我一声大吼："让我——飞——吧！"

碗的考试

桌上放着一只青花瓷碗，像钵，又像磬。

它在接受考试。

不知道是谁在考它，但试题一定很难，碗的脸憋得鼓胀着，一层指头肚大的水珠向外溢出，那是汗。碗的脑壳都憋空了，一团白雾鼓出来，往外冒。

看到碗那样难受，我想帮它，却不知道该怎么帮。我不忍心看下去，就走开了。

走到街上，身后突然传来瓷器打碎的声音。那声音，竟然是一声喊叫："空——啊！"

是碗在念答案，还是有人在宣布考试分数，抑或是那只碗从桌子上掉下来打碎了？

麻烦了。

跟绳子一起惊叫

在一个高高的悬崖上，我得到指令：必须到对面的山头去。

这是不可违抗的命令。但是，怎么过去呢？

一抬眼，我看见一根绳子，一头拴在我所在的悬崖上，一头拴在对面的山头上。有办法了：沿着绳子走过去，不就可以了吗？

绳子绷得紧紧的，犹如满弓之弦。我小心翼翼地走上去。

我的一只脚刚刚踩到绳子上，那绳子突然抽搐起来，它一边大声喘息一边发出惊叫。我的妈呀，这东西……竟然是个活物！那绳子在强烈地向我传递一个信息："我，不是绳子，而是一个人，甚至就是你自己的心脏。"

明明是一根绳子嘛，怎么就成了人或是心脏呢？我疑惑着，继续踩着绳子，试探着往前走。

绳子，在喘息，在惊叫。

脚下是巨壑，这是我预料之中的；出乎意料的是，这巨壑竟然是一锅沸腾的胡辣汤！就是我们平常在街边吃的那种胡辣汤，酱黄色，油乎乎，漂着肉末和葱花，噗嘟噗嘟地冒着泡，烟雾腾腾。一个声音对我说："世界是一锅胡辣汤。"

这么高，绳子又这么操蛋，我随时可能掉下去。如果掉下去，我将会被煮成什么样子？哦，别这么想……已经别无选择，我必须沿着绳子往前去……绳子这么抖……天啊！呃，得定住神，稳住绳子。既然这绳子是我的心脏，那么，它就应该听得懂我的话。我对绳子说："是我在走嘛。我都不怕，你紧张个什么呢？"

绳子抖得轻了点，我知道，它是在听我说。我就继续对绳子——心脏——说："如果我掉下去了，我的皮肉可能被煮烂，但头发是煮不烂的，你可以把它捞上来，洗干净，当成假发卖掉。对了，还有我的名牌鞋子，它是新的。"我这样说，是想让它明白，为了得到利益，忍受这点痛苦是值得的。

可是，绳子又大声喘息起来，并发出杀猪般的嚎叫。莫非，它听不懂我的话？或者，是不相信我的话？再或者，是我踩疼了它？

绳子更加剧烈地颤抖，这使我更加确信它是一个活物。我有些后悔，却不可能退回去了。我眼睁睁地看着脚下的胡辣汤，趴在绳子上，跟绳子一起惊叫。

叫着叫着，我的叫声变成了口哨，绳子也把它的叫声转换成了口哨。我们的叫声，听上去就像两只蛐蛐在相互应和。这时候，我全然明白了：这绳子，其实是一个人的灵魂。

脑袋压得身体哇哇大哭

一颗人头，在天花板上悬着。

我看到的是后脑勺，头发很长，却并不过分；相反，给人一种很合适的感觉，头发乌亮，密实，像猪鬃一样，并且很有造型。这颗人头看上去很眼熟，细看，竟然是我自己的脑袋！

我的脑袋怎么会悬在这儿呢？我既好奇，又紧张。想去报案，又觉得当务之急是赶紧把它拿下来安到自己的脖子上。人没脑袋不行。

我踮起脚，伸手去摘脑袋。摸到脑袋的一刹那，我突然发现上当了：这脑袋，其实是一块悬着的石头，轻轻一碰，它一下子砸到了我的身上，把我砸了个趔趄。

我抱着我的脑袋，它太重了，无法把它安装到自己的脖子上。我哭起来。这时候，裸露的喉管突然发出尖厉的啸叫："快来看啊，脑袋压得身体哇哇大哭！"喉管边叫边向外喷射粉红色的血沫。喉管的尖叫声里，明显带着幸灾乐祸的意思。

我那无头的躯体捧着沉重的脑袋僵直地站着，不知道该怎么办才好；而那个喉管，则像一声一声汽笛，不停地哇哇大叫。

脸的穿越

有个男人正在穿越一条看不见的竖线，一只脚在线的这边，一只脚在线的那边。突然，他停住了，是被卡在那里了。他那张胖脸卡在那条看不见的线的两边，就像是穿在玻璃丝线中间的一张肖像。

两边的脸呈现出不同的表情：左边的脸，瞪着眼，面色铁青，居高临下地表达着愤怒和不满；右边的脸，却像夏日的冰块，正在急剧地软塌塌地融化，低垂的眼神里浮现出满意和亲善的目光。

不知道哪个表情才是他真实心情的流露。由于情况紧急，我已经顾不上细究这个；我关心的是，这张脸最终能否实现穿越。

我想看看那人——那张脸——最终能否实现穿越。等了许久，等到的是一声撕心裂肺的尖叫。

划着，划着

一把梯子，直直地通向天空，就像一根投射在虚空中的光柱。

我沿着梯子一步一步往上去。

蹬着，蹬着，突然，梯子跑了。

我悬在半空中。

举目四望，一片苍茫，没有上下，没有前后，也分不清左右。呃，我竟然……没有……跌下去！既然这样，就干脆来一场游戏：我的一条腿直直地站着，另一条腿在虚空里划过来划过去，就像一个活动的圆规。

一个声音说："动，就是你的翅膀。"

这大概就是我没从空中掉下去的原因吧。于是，我的腿在虚空中不停地划着，划着……

隐形枪手

有人为我的诗歌写了一篇评论。这篇评论的第一句话是："其实，世界是从这里开始的。这是一个通道，它通向上帝。"这篇文章摊在一张桌子上，白纸黑字。这篇评论太伟大、太深刻了，你看，它用的是黑体字，是顶头写的，这足以证明它非同凡响；更了不起的是，这篇文章其实是一个活物，它是被人牵过来的，只是临时变成文章的样子趴在桌子上，但随时可能溜掉。我感到很紧张，就直盯盯地看着它。

有一个声音说："你要请客。"

一转眼，那些客人就到了，其中就有那篇评论的作者，但我不知道具体是谁。饭桌旁坐满了人，这些人我大多不认识。本来，我是为了请那位评论家的，怎么来了这么多陌生人啊？他们彼此说着话，在等饭。过了好长时间，桌子上一个菜也没有，人们的脸色就不好看了。其中有一个白脸的瘦子，他是我的一位熟人，很不客气地瞪了我一眼，随手掏出烟盒，抽出一根烟递给他身边的那个黑脸男人。我知道他的意思，一是提醒我上菜，二是提醒我上烟。那个黑脸男人说："我只抽'白升'牌的。”我知道那是一个十分有名的牌子，却从未见过，也不知道从哪里可以买到。

饭桌旁出现了一个中年男子，他以一种十分无耻的表情在大声说话。我认识此人，他是一个无赖。一个如此无知识、无教养的人怎么也混进来了？我很生气。但从这里的气氛看，屋子里的人已经不是从前那一拨儿了。我突然明白：这里混杂着隐形枪手。隐形枪手的出现，与没有及时上菜有关。

我必须找出那个隐形枪手。

看来看去，屋里没有一个人是拿着枪的。从人们的表情上，也看不出哪个人有什么异常。所有的人，手里都晃动着巨大的筷子，似乎是在表演筷子舞。这些筷子一模一样，一律是用粗大的高粱秆制作的。这么多筷子中间，肯定有一根是枪伪装的；要是知道哪根筷子是枪，也就知道谁是枪手了。

可是，我看不出来。

赴宴的队伍

在一条陌生的街道上，我拿着请柬，跟在一群人后头往一个地方去。一人一张请柬，人们长着一模一样的脸。队伍很长，就像是一群黑压压的蚂蚁，大家一起去赴宴。

走到一个十字路口，队伍突然停下来。原来，有人发现请柬上竟然没有写明宴会地址！谁也不知道该往哪里去，队伍顿时大乱，就像是一盆活泥鳅。

一个人站出来维持秩序，说：“走吧，走着说着。”

队伍又走起来。还是原来的序列，一个跟着一个。

赴宴的队伍来到一个广场上，在这里转起圈来。

一直这样转下去也不是个事儿啊，究竟要到何处去？我很想站出来提醒大家，可是激动了半天，啥也没有说。因为我认真地看了看手中的请柬，它的确没有写宴会地址，如果别人问我到何处去，我也没办法回答。于是，我保持沉默，紧跟着前头那个人，专心致志地在广场上转圈。

转着，转着，队伍里响起了嘹亮的歌声：“向前，向前，向前，我们去赴宴，我们去赴宴！”

楼的惊变

一栋大楼在我眼前突然变胖，胖成了一张老式留声机的唱片。 所谓楼层，就是唱片上的一圈一圈声槽，看上去就像是树木的年轮。

我在大楼的一个一个楼层——也就是唱片的一圈一圈声槽——里走着。 当我走到第三圈的时候，这大楼，像是被烘烤着的树叶那样，突然向内卷，并开始剧烈地晃动。 一个意念告诉我：这座大楼不安于现状，它要变成笛子。

这大楼说干就干。 它的颜色由灰变红，由红变紫，最后变成黑色，这大概是它用力过猛的缘故。 接着，这楼站立起来，成了一根直立的管子。 楼里的人立即变成虫子，黑压压的，不是一片，而是一堆。 人们的嘴巴都变成了吸盘，紧紧地吸附在管子的内壁上，他们以这种方式固定自己的身体。

很快，这大楼就真的变成了笛子。 从我所处的位置，可以看见一个一个明晃晃的笛眼儿——那是由一扇一扇窗户变成的。

怎样才能逃出这危险的笛子？ 在黑暗中，我一边努力地固定着自己的身体一边紧急地思考。

呃，有了。我如果把自己变成一段乐音，不就可以名正言顺、大摇大摆地从这笛子——大楼——里逃出去了吗？但问题是，我是把自己变成音符，然后经过笛子的吹奏变成乐音飞出去呢，还是把自己变成歌声直接飞出去？从我的形体看，我很有可能把自己弯曲成音符，可是，如果笛子不肯演奏，我即使成为音符又有何用？如果歌唱，我的嘴巴就必须离开笛子的管壁，那么，我就会掉下去，那可是无底的深渊啊！

思来想去，这个问题依然无法解决。

怎么办？

想去请教别人，发现人们的嘴巴都紧紧地贴在笛子的内壁上，他们自顾不暇，哪里管得了我的事情？我急得满头大汗。

直到最后，我都没能变成乐音，所以也就没能走出那支由大楼变成的笛子。我只是在紧张地想着办法。

淹没

一个书本，它平放着，亮闪闪的，看上去就是一块玻璃。书本上的文字是黑色的，像是浸泡在清澈而幽深的水中，清晰，深远。

那个黑衣男子，径直走进书中，就像走进一个无遮无拦的门洞。书本没有动，书页没有动，书页上的文字也没有动，那个人兀自走进去，消失了。他被书本淹没了。

我很诧异：他怎么就进去了？这本书，如此像水，或者它就是水，进去一个人应该是要起涟漪的，怎么一点动静都没有呢？真奇怪！

那个走进书本的人最终到哪里去了——是沿着字里行间行走着呢，还是沉到书的背面去了？我什么也没看到。书本还是原来的样子，静静的，像玻璃，像水。

那个被书本淹没的人，一定会憋不住，他终究会浮上来；如果他被淹死了，尸体肯定会漂起来。可是，看了半天，依然是什么事情都不曾发生。

书本依然如玻璃，如清水，书里的文字依然深远而清晰，整个书本平静得很。但我知道，它是在故作镇静，它咬着牙，在坚守一个秘密，为自己，也为那个走进书本的人。我明白了：这是一个伪装成书本的宅院，那个黑衣人，也许是回到了家里，也许是来执行某项神秘的任务，也许是他已经死了，他的魂儿在这里找到了自己的归宿；但不论是哪种情况，书本与黑衣人都是串通好的。

我大笑。我这样做，是想让书本知道，我已经看透了它。可是，书本依然是一点反应都没有，就像一个入定的僧人。

悬着

从前，总觉得人不是鸟，怎么能飞呢？ 不，不是这样的。你看，我真的会飞。

这件事，最早发生在我老家村子北面的田野里。 当时，我在田野上走着，迎面遇见两个老头儿，他们穿着臃肿的棉衣，灰头土脸的，木呆呆地看着我。 当时，也许是为了跟他们开个玩笑，也许是为了搞个恶作剧吓唬一下他们，我当着他们的面，把身子向上一蹿，想来个前滚翻，呃，没想到，我的身体，竟然离开地面飞了起来！

我怎么会有这种功夫！

为了检验我的功夫，我的身体一次一次向上蹿，不是像鸟儿那样扇动翅膀，也不是像电影上的超人那样手往前伸，而是直直地向上，就像踩水那样。 当然，这是要用力的，而且要讲究技巧，也就是要憋着一口气，并在心里默念“向上，向上，向上”的咒语。

我发现，人，只要离开地面就好办了，想往哪儿就能往哪儿。

为了让更多人看到我会飞，我决定朝村子飞去。

途中，在一个坟场上方，我的身体猛地一晃，就像是一块铁片遇到了强大的磁场，忽地偏离原来的方向，以极快的速度朝着另一个方向飞去。这是坟场在暗中用力。一股鬼气冷飕飕地向我袭来，我感到害怕。好在很快就过去了。我回到原来的飞行轨迹，继续向村子飞去。在飞翔的过程中，我发现了一个窍门：在空中飞行的时候，最好能穿一件肥大的衣服，譬如穿一件棉大衣，把双手插进口袋里，把衣服用力向外撑，这样，衣服就可以起到翅膀的作用，从而增加身体的浮力。这符合空气动力学原理。

来到我家的院子里，我的手插在衣服兜里，一次又一次向上用力。我妈看见我，没有阻止，也没有鼓励。我知道，她暗自替我担心。

我憋着一口气，继续练习飞翔。一开始，飞得并不高，只达到房檐的高度；后来，慢慢地达到房脊的高度；再后来，达到树梢的高度。有那么一瞬间，我突然飙升到云彩之上。从天上向下看，我家院子的地面上满是云朵。太高了，太高了，我突然害怕起来。我从高处落下来，脚重重地踏在地上，地上的云朵四散开去，像涟漪一般荡漾着，荡漾着。

一直憋着气，这样很累，但心里快活。我的心中充盈着优越感：我会飞。

我家院墙东侧有许多树，树林葱茏而幽暗，那里有一条小路通向村外的河流。我听见小路那边有两个人在议论我，一个说："你看张鲜明那个样子，以为只有他才会飞！"另一个说："其实，有人早就会飞了，这也不是他的发明。"他们的脸上露出阴暗、不屑、诡秘的冷笑。

我想走上前去对他们说："那你们也飞一个让我看看！"想了想，算了。一来，我们是熟人，不想让他们难堪；二来，我不能确定，在这个世界上，除我之外就真的没有会飞的人。

这么想着的时候，我又一次离开地面。这一次不是飞，而是高高地悬在空中。此时，我俯瞰大地，听见一个声音说："向上，就是憋气。"这是我的经验，也是我的感悟。我想把这个经验和感悟跟大家分享，看看四周，没有一个人，于是就打消了这个念头。

我一个人，孤零零地，在空中，悬着。

表演死亡

半山腰里有一座房子，是草房，里头有许多人，一排一排，他们在大厅左侧盘腿而坐。这些人就要死了，他们在迎接死神的到来。我突然明白，房间里为什么如此幽暗和阴冷。

这些人为什么要死呢？是谁让他们死的？我认真地端详他们。一束光从房顶射下来，打在他们的脸上。他们清一色都是男人，短发，一个个双目微闭，像是在练气功，又像是在冥想。从气质上看，他们都是有学问的人，而且身份高贵。他们这是在展示自己的意志力，在表达必死的决心。

应该说服他们放弃死亡的想法，但从他们的表情看，没有一个人愿意与我对话。我为难起来。

那么，就来研究研究他们吧。

开始运气，把丹田之气运到眼睛上，我突然有了透视能力。我眼睛一转，看见这些人原来是一个一个的陶缸，空的；眼睛又一转，他们又回到人的模样，一个个面容生动，血肉丰满。我知道，不论在我面前呈现的是什么形态，他们其实都是蜡人。我不好意思起来：我怎么就看透了他们呢？我看到了不该看到的东西！

一个意念说："这是考试，他们正在做一道证明题。"

我明白了：这些人并非真的要死，他们是演员。所谓考试，其实就是演出。我大笑起来。我这样做，是在告诉他们："我看破了你们的伎俩。"

有个人朝我走过来，翻开自己的肚皮，悄声说："太撑了。吃得多，人就空了，就是这个样子……"他似乎是在解释什么。我知道，这依然是表演。

我很生气，就朝门外走去。刚有走的想法，我的身体就来到了门外。原来，这房门是一个草帘子。我从屋里出来的时候，帘子自动开启一道缝儿；我一出去，缝儿立即合上。我从这房门快速地进进出出，草帘子就快速地开开合合。我要让那些人知道：我懂得开合术，所以能看透他们。

我在那门口忘情地跳来跳去，一转身，那些人不见了——不知道是升天了，还是到别处去了。我的脑袋卡在草帘子里，左一摇，右一晃，如同一只激动的公鸡。

影子的要挟

有一个人，一直在我身边。 我站着，他也站着；我躺下，他也躺下；我走，他也走；我停，他也停。 这是个什么东西呢？ 细看，他时而浑身乌黑，时而又以虚拟的状态出现。 我突然明白：他是我的影了。 影了就影了吧，但问题是，他负责看守我！

身边跟着这么个东西，总是一件令人恶心的事情，于是我厉声呵斥：“滚蛋，你这个不要脸的看守！ 连睡觉的时候也不放过我？！”

觉得他只是我的影子，我完全有权骂他。 没想到，他可没那么好对付——他竟然会生气。 他一生气，就像被触动的癞蛤蟆那样迅速憋气，把自己鼓得越来越大，他那剪影一样的身体变得越来越厚，越来越黑；最后，他竟然变成一个巨大的包袱，硬硬地戳在地上。 不仅如此，他还故意在我面前大幅度地、重重地晃了一下，就像一个人突然崴了脚。

我知道，这个由影子变成的包袱里装着我的一切，它要是跌倒了、摔破了，我将一无所有。 影子显然懂得这一点，他不断地让那包袱做出要摔倒或是要跳楼的样子，以此来要挟我。

似乎觉得这样还不够，最后，影子现出原形——那是一团冷硬的黑——像山一样，一步，一步，朝我压过来。我一步一步后退，一边擦着脑门上的冷汗一边紧急地思考：是请客呢，还是送礼？

向脓包致敬

一群人拿着刀子在追杀一个人。

那个被追杀的人拼命逃跑，他爬到树上，跳过墙头，来到一个院子里。院子四周是古老的砖墙，其中一面墙上镶嵌着一枚比窗户还大的金币。那人实在无处可逃，就躲到金币里去了。

躲到金币里的逃亡者，化作金币上的头像，那模样就像一位庄严的总统。追杀者立即放下刀子，向金币里的人鞠躬。

金币里的头像仰天大笑。他这一笑，金币就像加热中的薄饼那样鼓出一个包来。原来，所谓“金币”，只是一个肿胀的脓包。

在场的人十分尴尬，一时手足无措，在原地团团打转。他们越转越快，转成了一股旋风。

黑楼里的舞蹈

黑衣人把我领进一栋大楼。

踏进大楼，眼前一片漆黑。 还没等我的眼睛适应过来，大楼突然晃动起来。 坏了，黑衣人把我卖给了大楼，大楼把我当成了骰子！

我正要逃离，大楼“嘎嘎嘎”地一阵响，它变成了一只巨大的手，把我虚虚地攥起来，一晃，我的身上出现了一组数字；再一晃，我的身上出现了另一组数字。

我急得要哭。

黑楼里响起了安魂曲。 这曲子，低沉，舒缓，抒情。 我忘记了恐惧，随着曲子跳起舞来。 我的身子一动，浑身的数字就像瓷片那样啪啪啦啦掉了一地。 从我身上掉下的碎片，竟然是麻将！ 麻将们一个一个立在地上，随着我的脚步跳起舞来。

黑暗中一个声音说：“很好，就带着你的团队搞经营去吧，你脊梁上的数字，就是给你的提成比例。”

麻将们显然对这个说法十分满意，它们以彼此撞击的方式鼓掌，并齐声高唱：“一二三，三二一，东西南北在一起！”

波德莱尔的手术

午后，我躺在床上。这是宿舍楼二层那个只有九平方米的房间，突然，一头牛出现在我的床前。这是一头南阳黄牛，身形巨大，弯弯的犄角像两把刀。它瞪着眼，扎着进攻的架势朝我逼近，把木头地板踩得咯吱咯吱响。

这么小的房间，怎么就进来了一头牛？正惊异间，我认出来，这头牛是波德莱尔变的，或者说，是波德莱尔伪装成一头牛，进了我的房间里。

我赶紧跳下床，想着怎么对付这个家伙。这时候，这头叫作波德莱尔的牛，就像是在斗牛场上那样，红着眼，脑袋一翘一翘，屁股一颠一颠，朝我冲过来。我沿着墙根奔跑、躲闪。房间实在太小，没有回旋余地，而波德莱尔又是那样灵活，在转了几圈之后，我被挤在一个墙角，一动不能动。波德莱尔晃动钢刀一样的犄角，像一个老练的刺客，“嚯”的一声，挑开了我的胸腔和肚腹。

我被开膛破肚，呃，竟然不疼！

更让我惊奇的是，从我胸腔和肚腹中流出来的，不是内脏，而是一堆铅字！ 这堆铅字，先是像从口袋里往外倒豆子那样无声地流出来，接着，滴滴答答往下滴。 铅字流了一摊，埋住我的双脚，带着金属的光泽和腥甜的味道。 原来，我体内装的不是心肠，也不是学问，竟然是这些东西！ 我既吃惊，又感到不好意思。

想看看波德莱尔接下来会干什么，一转眼，那头牛不见了。在门口，有个身影一闪。 一个声音说：“这是在完成一台手术。”不知道这话是不是波德莱尔说的。

这些铅字怎么处理？ 是重新装回到我的身体里，还是把它们清扫出去？ 正在想着这件事情，脚下的铅字化作一群苍蝇，“嗡”的一声飞了。

挤压

在一座房子的门前，我看见我的身体是一块面团，软软地摊在台阶上。我有紧急任务，必须进到那个房子里，但身子是这个样子，怎么进得去呢?

就在我万分焦急的时候，那扇门的门板突然横倒在地。难道它是想帮助我，以便我进到屋里去吗？那个面团——我的身体——立即从地上抬起头，试探着，爬到那个横倒的门板上。

突然，另外一扇门板扑上来，把我的身体挤压在两扇门板中间。

挤压就挤压吧，我的身体是面团，不感到疼痛，只是有点变形而已。我在一旁看着我的身体——面团——从两扇门板中间慢慢地流出来，边看边想：也许，这是一种进门方式；也许，进去之后，我的身体还能恢复到从前的模样；也许，这是一种修行方式，经过这番挤压，我可以修成正果；也许……

就在我这么想着的时候，不知从哪儿来了一块黑色面团，它掺了进来。一时间，在两扇门板之间扭动的面团——我的身体——变得黑白混杂，是那样的肮脏、丑陋。啊呀，我成了一个不纯净的人！ 这是多么丢人的事情！

我尖叫起来。

门，听不到我的尖叫；或者，听到了，却装作听不见。 更可怕的是，那两扇门板突然变成两个滚筒，用力挤压着，快速滚动着，黑与白，在我的身上就越发混杂不清了。

看着我那被挤压的身体，我感到一种从未体验过的屈辱与恐惧，我呼救，我抗议，最后，我开始哀求；可是，门板依然用力地挤压着、滚动着，丝毫没有停止的意思。

唉，看样子，我是回不到原来的模样了！

我大哭。

我带血的眼泪滴在面团上，面团里多了一种古怪的红色，于是我的身体更脏了，里里外外都是脏的。

电话号码在命令我

眼前出现了一张白纸，白纸上印着一组数字：7384。就在我看着它的时候，那组数字背后出现了一个逗号，逗号的背后，又出现了一组数字，依然是7384。我知道这是一个电话号码，可是，电话号码中间怎么会插进来一个逗号？真是奇怪！不知道这是谁的电话号码，也不知道它是从哪里来的，但我知道，它带着巨大的气场，是一道命令。此刻，它以一种不容置疑的权威感居高临下地命令我、操控我。

“尽管你有一个逗号，尽管你很怪异，可你只是一个电话号码，凭什么命令我？！”我很生气，冲它瞪着眼。那个电话号码却毫不示弱，显现出坦然、镇定而又傲慢的神态，坚定地站在我面前。那一串数字，鼓出纸面，变成了眼睛，恶狠狠地瞪着我。由于我知道它的底细——它只是一个电话号码——也就不怕它，甚至有点瞧不起它，于是就与它对峙起来。

突然，电话号码浑身一抖，像水中一排晃动的黑色倒影，开始变形。它先是像不断拉抻的拉面那样，变得又细又长；接着变出许许多多腕足，把我紧紧地抓住。我闻到一股浓重的腥气，是章鱼的气味。原来，那个电话号码变成了章鱼。真的，是一条巨大的、黑黄色的、十分凶恶的章鱼！

快跑！

已经来不及了。章鱼细长而坚韧的腕足，爬满了我的全身，明晃晃，黏叽叽，在我身体的每一个部位，抓挠，蠕动。

它要吃我！

有人在呼唤我的名字，并大喊："跑啊，往水里跳，往火里跳！"

呃，这倒是个办法。不过，此刻，那电话号码正以一种无形的意志力在控制我，并且已经控制住了我，我纵然跳到水里、跳到火里又能怎么样呢？

看样子，我就要被这个电话号码吃掉了。

丝路花雨

我与我的爱人一起去郊游。这里像是田野，又像是城乡接合部。我们走了很长很长的路，很累。走着走着，我们来到一个既像渠埂又像小路的地方。脚下的路，窄窄的，弯弯的，两边都是污水，我们只能蹲着，手脚并用，慢慢地往前蹭。

脚下，身边，到处都是蜈蚣。大大小小的蜈蚣蠕动着，黑黑的，很生动。蜈蚣朝我爬过来，眼睛亮亮的，巨大的触须和毒螯朝我伸过来，但它们只是在忙着赶路，并不是冲我来的。

惊恐。恶心。我小心翼翼地蹲着，偶尔用手在脚下扒拉着，避免那些蜈蚣爬到我脚上来。

怎么会有这么多蜈蚣！这是蜈蚣，还是蠕虫？

我来到一片稻田边，听见一个小孩儿在大喊："看啊，快看啊，丝路花雨，丝路花雨！"

真的是花雨啊！一些巨大的稻穗，像淋浴器的花洒，在喷着白色的、香喷喷的汁液。喷淋着的稻穗，就像盛开的芦苇花。太阳出来了，天地间一片金黄，从稻穗上喷射出来的东西就像珠玉一般，极富质感。我和我的爱人惊喜地大叫起来。

我要拍照。那个小孩儿拿起一个谷穗，谷穗依然在快速地喷淋着，就像是一支正在燃烧的烟花。可是……可是，对不上焦，我一次一次按快门，却怎么也按不下去。最后，我调到运动聚焦模式，总算拍成了。从屏幕上看，画面过于模糊，类似一幅印象派油画。

那个小孩儿继续叫着："丝路花雨，丝路花雨！"

感觉那个小孩儿的声音有点不大对劲儿，像是虫子的声音——语音尖细，带着吱吱的尾音。细看，那小孩儿果然是一只虫子，虽说是人的模样，胳膊和腿却又细又长，头上长着两只巨大的复眼。它身后的田野上到处都是虫子，它们都像人那样站立着，手舞足蹈。原来，这里正在举行一个盛大的集会，所谓"丝路花雨"，其实是大会开幕式上的一个节目。刚才，那些赶路的蜈蚣，就是往这里来的吧。

本来，我打算离开，看到这个场景，就停了下来，想看看虫子们接下来要干什么。这时候，天上传来嗡嗡的响声。飞机来了。莫非另一个节目要开始了？

这是我小时候见过的那种用帆布做的农用飞机，它飞得很低，能看见飞机上的人。这时候，从飞机上垂下来一根灰白色的绳子，绳子在地上扫了一圈，地上的虫子就不见了，那绳子立即变成一挂鞭炮，在离地面不高的地方噼里啪啦地响起来。那鞭炮是虫子变的，空气中弥漫着浓烈的腥臭味。

这是一个什么节目呢？

田野上灰蒙蒙的，没人回答我。我想拍张照片，却找不到照相机。我在光秃秃的田野上奔跑起来……

“申请书号”飞行记

黑屋子里有一张木头桌子。看着，看着，桌上出现了一张白纸。白纸有半张桌子那么大，一个意念说：“这是申请书。”

当我来到桌前的时候，申请书慢慢地站立起来。莫非我带来了风，是风把它吹起来了？正这么想着，那站立着的申请书突然以极快的速度开始折叠。没等我反应过来，它已经折叠成一架纸飞机，机身上印着“申请书号”几个黑体字。

黑暗中一个声音说：“你总算来了。闻见人气，它就会活过来。它想飞。”

纸飞机鼓着肚子瞪着眼，那姿态很像一个大人物，但我知道，它这样做是为了引人注目。我感到好奇，就兴致勃勃地站在那里，看它接下来要干什么。

纸飞机先是来了个金鸡独立，接着高声吟诵：“告急，告急，到处告急！我要飞得更高，不靠神仙皇帝。”原来，它肩负着秘密使命，刚才的话，可能是暗语；当然，也可能是台词——也许这屋子里正在上演一台话剧。

我觉得这份申请书的内容属于高度机密，是不能让人看到的，也不该告诉任何人。我突然感到，此事似乎与我有某种关系，于是就自告奋勇地说："我能把信送给加西亚。"我的意思是，我可以带着这份申请书到它该去的地方；同时，我绝不打听申请书的内容。

没人对我的话做出回应，纸飞机也没有回应，我不知道接下来该怎么办。

"申请书号"飞机大概是等得不耐烦了，它冲天而起，在空中画出一道白色的弧线。

一个声音在看不见的地方响起来："你想飞，你就飞，可是没有公章，不许落地。"

已经起飞的纸飞机紧张起来，它急于迫降。先前供它起飞的那张桌子，突然消失了。我知道，这是对它的惩罚。我替它着急，又没有办法。最后，纸飞机撞到了天花板上，"砰"的一声坠落下来。

我听见了哭声。

石磨在研磨我的身体

没有看到那个人，但我知道，他在追捕我。

已经没有一丝力气，但我依然在跑。我不是在用腿跑，而是用脑子、呼吸和心跳……跑……跑……跑。我的腿，长长地拖在身后，就像是被提起耳朵的兔子，在虚空中蹬着、蹬着。

那人追上来了，我躲进一个院子里。那院子，其实是一个笼子。笼子是由木栅栏制成的，所以，那人很轻易地就发现了我。我看见他伸过来的手，我跑不动了，只好用最后一点力气，慢慢地，慢慢地，把头从他手指间挪开。这个动作，像慢镜头。

我逃脱了。

接下来，我似乎是乘着一个什么工具在逃跑。途中，我看见三个朋友，他们都没有跟我说话。想躲到他们身后，可是他们的身体是透明的，并且在不停地飘移，我的身体无法与他们重叠。他们走开了，我继续躲藏。

追捕者的脚步声越来越近，像滚滚而来的车轮声。

这一次，我看清了，追捕我的，竟然是一对石磨。我沿着一个巷道往前跑，一次一次躲到墙角。可是，那个石磨总能迅速地发现我。它甚至会飞起来，在空中侦察。我慌得要命，那种沉重感，就像是石磨压在我的心上。

那一对石磨追上了我，把我压在了磨扇中间，并开始旋转。我看见石磨的上方有一团红色的东西，像鸡血石，又像是血块。这是标记，同时也是为了增加石磨的分量。

石磨在研磨我的身体，我在高处看着，就像是在看电影。当我意识到那石磨正在研磨的是我的肉体，我就悲伤起来。

对峙

广场上在开公审大会。

“枪毙他！ 枪毙他！”人们举着拳头，高呼口号。

原来，有一个人犯了死罪。我认识这个人，他是我们村上的一个单身汉，他恶贯满盈。

有人让我负责押送这个死刑犯。我不太情愿，没办法，还是答应了。

我押着他往山上去，走到半山腰，这家伙突然变成我的模样，转身与我对峙！

情况来得太突然，我一时不知所措。

这情形，让大山都愤怒难耐，满山的石头蹦跳着，大声吆喝起来。

更出乎意料的是，这家伙摇身一变，竟然变成了押送者，他要押解我，他要枪毙我！

要不要举起手来？ 我拿不定主意。

我俩就这样对峙着。

满山的石头都目瞪口呆——它们已经尽力，嗓子都喊哑了，此时已发不出任何声音。

什么城堡，灯笼！

在黄土高原上，耸立着一座环形山。这山，高得就像是在云彩里，山里面是一个盆地。按照规定，这个地方是不能开发的，可是有人硬是把它开发了。我看见，在环形山的南面，被推土机推出了一个巨大的豁口，沿着豁口向下，是一条盘山公路，远远望去，就像是一条盘曲的蛇。

在豁口左边，有一座城堡。这城堡，有一种凌空的感觉；或者说，这城堡原本就在天上。城堡下面是一条巨壑，巨壑之中有一条河和一些起伏的山峦。河中有一些岛屿，岛上长着树木和青草。两艘潜艇像推土机那样撅着屁股在河水和岛屿之间拱着，上上下下，就像是钻地的虫子。

我站在城堡上，闲来无事，顺手拿起一块土坷垃朝河里的一个圆形小岛扔去，没料到，那土坷垃正好砸在小岛中央，引起剧烈爆炸。小岛消失了。过了一会儿，从小岛原先所在的那个位置上，浮起一团像草一样的东西。我所在的位置实在是太高了，刚才的那场爆炸，就源于这个高度所产生的势能。我所站的地方，怎么会这么高呢？我感到奇怪。

我突然感到内急，需要找个地方去解决问题。这是城堡的某个角落，我走到那里，看见一个人正在大便。突然，城堡晃动起来，那人和我都随之摇晃起来。

就在我往回走的时候，经过一个走廊，在走廊拐角处遇到我的母亲。她很老很老，头发花白而凌乱，躺在一张很窄的小床上。她坐起来，又躺下，然后又坐起来。她闭着眼，重复着这个动作。在与她头部差不多高的床头上，有一个形状像钉子的铁器，她每一次坐起来，那铁器都戳住她的头。难道她就不疼？我既担心又害怕。

我把母亲从床上抱起来。母亲的身体瞬间缩小，小得就像不满周岁的婴儿。我抱着她来到公路上，那里有一辆公交车。见我抱着这么老的“婴儿”上车，乘客们都很吃惊，但他们知道我抱的是自己的母亲，也就没说什么。

我所乘坐的那辆车沿着通向城堡的盘山公路走着，车身晃动得很厉害，这是路面不平的缘故。这时候，我想起来，这个地方本来是不允许开发的，可竟然有人把它开发了。我很难过。我想，我母亲那花白的头发是多好的毛笔啊，我可以拿它来写字，把我的这些想法写到那高高的崖壁上，那一定是很大的字，人们离老远就能看到。我只能用这种方法来表达我的愤怒。

来到临水的一个草棚子里，里头有两个女人，都是少妇。我知道，她们喜欢我。其中一个开始抚摸我。一开始，我不习惯，但慢慢地，我感觉很舒服。另外那个女人有点生气，对那个正在摸我的女人说：“你啊！你——啊——！”

城堡又一次晃动起来，空前剧烈。我被高高地抛起来，像是一个晃动的灯泡。

地震了！

真的地震了！

一个声音说：“什么城堡，灯笼！”

进不去的门

这是我小时候经常进出的生产队的磨坊。此时的磨坊，竟然没有门扇，只有一个长方形门洞，黑洞洞地戳在地上。

我要进去。

走到门口，有一股巨大的力量把我向外推。我与门之间，就像是两块磁铁的同极，有一股很大的拒斥力在作用着。我无法进入。

呃，怪了，这明明是个门洞，怎么就进不去呢？我后退一步，用尽全力猛地往门里冲。我看见，我的身体突然横起来，像一颗静止的子弹，悬浮在那磨坊之外的虚空里。

我与那个磨坊杠上了，我一定要进去！

想起来了，我来的时候是带着钥匙的，就吊在我的右胯上，它是白金制成的，明晃晃，有一尺多长，中间是一根圆柱，侧面有一排齿子。有了这把钥匙，我应该是可以进去的。

可是，这磨坊的门上没有锁，甚至连门扇都没有，拿着钥匙又有什么用？

我大怒，挥舞着白金钥匙，用力地，将它抛向那门洞。

白金钥匙在空中“嗡嗡”地响着，上下翻飞。倏地，它进去了。我看见，在黑暗的磨坊里，白金钥匙像一个白色精灵，一上一下地跳起舞来。磨坊里传出叮叮当当的乐声。这是一种打击乐，清脆悦耳。

那白金钥匙，跳着，跳着，突然停了下来。

正惊异间，一道白光，一闪，白金钥匙从那黑暗的门洞里弹射出来，直直地，射到我的裆里。

这肯定是那个磨坊的主意——它以这样的方式打击我、报复我。我捂着裤裆，倒退着，倒下了……

没有证件

一座很陡很陡的山，山顶上有一些房子。

我在山顶上走着，突然，红光弥天，伴随着巨大的轰鸣，山，摇晃起来。对面那座山朝这座山倾倒，周围的山也一齐砸过来，就像是几根指头猛地捏在一起。

一个胖女人尖叫着，哭喊着，从鱼脊似的山脊上往山下坠落。巨大的石块带着火光和响声，从天而降。世界末日到了！

我的一个女同事，满面愁容地拉起我，要与我一起逃窜。我知道，这时候是不能下山的。我拽着她，一起往山顶正中间那座房子跑去。

一条长长的过道通向那座房子。我来到房前，看到门洞背后坐着三个老太太，她们长得一模一样，脸白得像纸，下巴上的皮肤长长地垂下，如同吊着雪白的餐巾。时近黄昏，屋里是那样的幽暗，我却能清晰地看见那三个老太太的模样。她们直瞪瞪地看着我和我的同事，目不转睛，表情庄严，嘴巴微微翕动，像是在念经或是在默诵咒语。我知道，这座房子其实是一个洞穴，它广大无边，深不可测，从这里可以到达另一个世界。我还知道，只要进到这座房子里，我们就能躲过一劫。我喘息着站在门口，觉得总算是有救了。

那三个老太太僵直地站在门口，没有避让的意思。从她们的神情看，她们不仅不欢迎我们，而且对我们怀有强烈的抵触和敌意。我惶恐地站着，想求她们放我们进去。这时候，一个意念说："到这里，需要特殊证件。"这是那三个老太太通过意念传达给我的信息，有着命令的性质，且没有通融的余地。我意识到，这地方不是一般人能够进入的，如果贸然进去，定会有生命危险。

我没有证件。

我们没有进去，但暂时还没死。在门口徘徊了几秒钟，我差点哭出来，最终还是忍住了。跑吧！我拉起那位同事，胡乱地跑起来。

身后——也可能是从地下——传来一种我从未听到过的语音，对了，是语音，而不是一般意义上的声音，它就像是朝我投射过来的石子儿，带着"嗖嗖"的尾音，阴冷，坚定，沉重，含混，带着明确的威压感和巨大的拒斥力。我们被这语音追赶着，在闪闪的火光和大地的轰鸣声中，越跑越快，越跑越快。我感到，就要跑出这个世界了。

哎呀，我要是一块石头就好了！

我想哭……

水是枪手，你是谁？

那人朝河里开了一枪。子弹在波光潋滟的水面之下穿行，像一条游动的大鱼。

开枪的人与另外一个男人，在河岸上盘着腿相向而坐。开枪的人对另外那个男人说：“水是枪手，你是谁？”

另外那个男人低头不语，用指头在自己额头上画了一个十字，是红色的。他似乎做好了挨枪子儿的准备。

子弹依然在河水里游动，过来，过去，它在寻找敌人。

开枪的人不好意思了，他站起身，然后弯下腰去，把那条河拎了起来。原来，那河，其实是一杆枪。

他端着枪，向前方瞄准。

枪响了。那枪声，是一声喊叫：“苦——啊——”

随着枪声，那个端枪的男人浑身一抖，腾空而起，向后飞去；而另外那个男人则哈哈大笑，并保持着端枪的姿势。他额头上的红十字，其实是准星。

从月亮上跳下来的孩子

那个年轻人大约二十岁，是个男孩儿。我看到他的时候，他正站在月球上。从我的角度看，月球是悬在天空的一只巨大的球形玻璃灯罩。我看到的，是月球靠上的那个弧面的局部。男孩儿的脸和身体很清晰，皮肤白皙，微胖，眼睛大大的，头发有点乱，从气质上看，有点二。

我的身边站着我的表哥，他对我说，这孩子一条腿有点毛病，比圆规还细，在他家打工。他的语气里，明显带着歧视。就在我们说话的时候，那个男孩儿突然从他站立的地方纵身跳下。表哥不该说那句话，是那句话刺激了男孩儿，他为了证明自己身体很好，才赌气从月亮上跳了下来。

眼前是一个巨大的湖泊，那孩子落在离湖北岸不远处的湖水里。

那可是月亮啊，他竟然从那上头跳了下来！

白茫茫的水，像大爆炸那样轰然鼓了起来，我看见那男孩儿的大腿和胳膊在湖水里划动。他随即浮出水面，露出后脑勺。他并不抬头换气，而是将脸扎在水里，像汽艇那样以极快的速度无声地游着。他的脑袋在大幅度晃动。原来，他头上戴着一个像木笼似的东西。戴着木笼竟然还能游泳，厉害！

男孩儿依然在游着。我突然明白过来：他是我的儿子！

“儿子啊，儿子啊，你怎么……你怎么……”我惊慌得说不出一句完整的话来，只能这么含糊地喊叫着。

儿子沿着湖岸飞快地游动，比汽艇还快，简直就是在飞！这时候，已经看不见他的身影，只见一道白色水花在哗哗地向前飞动。我一边看着那飞动的水花，一边抬头望着月亮。月亮是那么高远，它与地球不是垂直的，二者形成一个危险的夹角，那个男孩儿——我的儿子——怎么就掌握得那么好，不偏不倚，正好跳进这个湖里？真是奇妙！我琢磨着这件事情，既惊奇又害怕。

我的儿子不知道游到哪里去了，也不知道他能否回来。我悲伤起来。

这是一件奇怪的事情。呃，对了，这是一个梦啊，我现在已经醒了，我要把它记下来。

我打开笔记本电脑，坐在卧室的飘窗上，一边敲着字一边望着月亮。月亮依然白惨惨的，像一个玻璃器皿，那么高，那么大。这时候，我的身边出现了一个女人，是一位作家，我跟她讲述梦中的见闻，并一起分析那个男孩儿——我的儿子——是以什么方式跳到地球上来的。那女人感慨：“他们这代人啊！”我明白她的意思：他们这代人其实是鸟类。她说，关于这一点，书上早就说到了。她翻开一本书让我看，那是一页白纸，一个字也没有。显然，她是在安慰我。

“哎呀，我的儿子！”我突然大叫一声，跑出门去。

眼前只有一片沙漠。

望望天，月亮还在原来的地方，还是那么圆，还是那么大，而我脚下的沙漠依然保持着湖的形状，沙漠的边缘还保留着湖水冲刷过的痕迹。这充分说明，刚才所见，并不是梦，只是时间发生了变化。

清算的人正在赶来

在一条黑暗的走廊里，我遇见了两个人，他们掂着砖头。我与他们往日无仇近日无怨，甚至素不相识，他们却挥舞着砖头威胁我。我一个人是斗不过他们的，只好忍耐着，慢慢地，试探着，想走出那条走廊。

走着，走着，我发现那走廊连着一个黑暗的空间。不知道这空间究竟有多大，它看上去就像是一座幽暗的庙宇。我看见一座神像，就朝着神像走去，我觉得神会保佑我。在神像的脚下，我看见一缕天光，于是顿悟，心生悲悯，便打算原谅那两个掂砖头的人。

忽然，从黑洞洞的空间里传来一个低沉的声音，听上去像是从神像的脚下传过来的："所有的罪恶，一起清算！"

所有的罪恶……那么，我有什么罪恶?

哦，想起来了：每个人的罪恶就在自己的背包里——我的背包装满了木棍，一根木棍就是一条罪恶。让我数一数，让我数一数。数不过来，太多了！我得赶紧把这个背包扔了！

就在我要扔下它的时候，那个背包，猛地张开嘴巴，紧紧地咬住我的裤脚，无论我怎么挣扎，它就是不肯松口。原来，我的裤脚是黑的，这就是罪证。

脚步声越来越响，清算的人正在赶来……

偷跑的鞋子

我赤着脚，在沙漠上耙地。

这沙漠是假的。那个老板为了占有这片土地，故意让人在地上铺了厚厚一层沙砾，他想以沙漠的价格来购买这块地方，等到办完手续之后，把沙砾清除，这土地就归他了。因为我知道这个秘密，那老板就收走了我的鞋子；没有鞋子，我就无法去举报他，就只能在这里替他耙地。

我的鞋子是一双绣花鞋，就放在那个老板的写字台下面，由几个人轮流看守。也有人在替我想办法，想弄出那双鞋子。但我知道，那里安装了摄像头，老板在监控室里瞪眼看着。我能看见那个老板的眼睛，也能看见我的鞋子。这里的空气很紧张，都已经接近黑色了。

那双鞋子离我越来越近，也越来越大。这是鞋子自己想出来的办法：让我钻进去，它把我带出来。如果我钻到鞋子里，别人就看不到我，他们会以为是鞋子自己出来散步，就不会去干涉它。

我只要穿上鞋子，一切都好办了。对了，我要到天上去告状。

怎么才能到天上去呢?

我遇到一个同事，他是负责信访的。他说：“到天上去，没有梯子是不行的。”他说着，朝我递过一个眼色。我顺着他的目光，果然找到了一把梯子。

这梯子是用绳子结成的，它不是垂直地悬着，而是平铺在空中。我在上头走着，晃晃荡荡，就像是走在蛛网上。我原本想着，既然这梯子是为我准备的，那么，当我登上——踏上——梯子的时候，它一定会飞身而起，把我带到天上。谁知，它不但没有飞身而起，甚至连头都没抬一下；不仅如此，它还鬼鬼祟祟地缩着脖子，让自己的身体像水中的波纹那样，在虚空中荡漾。

哎呀，我上当了：连这梯子也被那个老板收买了，他们是一伙的！

我想从梯子上往下跳，却跳不下来，因为脚下是一片虚空，我使不上劲儿……

与肉身玩儿一场游戏

在一个地方——好像是在山里——走着，四周没有一个人，我百无聊赖，突然想跟自己玩儿个游戏，也就是把我的肉身装到篮子里，让篮子驮着它奔跑。这样，我就会既省力又快活。

这么想着，眼前就出现了一只篮子。这篮子，刚好装得下我的身体，而且它会自己奔跑。哈哈，太好了！我从自己的肉身里分离出来——就像一只蛾子从茧里拱出来那样——飘到一个山崖上，静静地看着那个装着我肉身的篮子。

我跟篮子约定：任何时候，只要我吹一声口哨，它就得立即驮着我的肉身回来。篮子显然是答应了的，不过，我还是有些担心：如果它聋了，或是不听我的话，那可怎么办？那篮子里可是装着我的肉身啊！

就在我提心吊胆地反复琢磨的时候，装着我肉身的篮子已经像敞篷汽车那样跑了起来。我的眼前出现了一排并立的脚面，那篮子就在这些脚面上奔跑。它看上去就像是一只灵活的老鼠，又像是一列行驶中的小火车（那些脚指头就是枕木）。好玩儿是好玩儿，可是，我还是不放心：如果篮子藏到哪个脚趾缝里不出来，我可怎么办?

篮子在那一排脚面上来回奔跑，越跑越快，越跑越自如，还发出拨动琴弦的声音，颇有些炫耀的意思。我在高处把这一切看得清清楚楚，既开心又担心，不知道该在何时吹响口哨……

石头站起来比画着

一个石头院子。

在这个石头院子里端，正对着院门的那个方位，有一座红楼，两层，是用原石垒砌而成的，墙壁很粗糙。东厢房的墙壁上有窗户的痕迹，窗洞轮廓清晰，向内凹陷，如同一个神龛，里面放着一个旧式铁制灯盏。

不知道从哪里来了一群人，我们一齐朝院子里张望。

感觉这是个神圣的地方，这里出过一位英雄。现在，它应该是名人故居或纪念馆。看着墙上的累累弹痕，我的心里突然难过起来：这里一定发生过激烈的战斗，死过很多人吧！

院子里布满尘土，透出一股腐朽的气息，一定是好长时间没来过人了，平时也无人打扫。是啊，连空气都荒凉了。就在我这么想的时候，那红楼突然变成了一幅画。画面闪电般后退，红楼瞬间就不见了踪影，连这个院子也消失了。红楼所在的地方出现了一座巨大的石雕，是一尊人物雕像。雕像太大，我只能看到它的局部——一条粗壮的大腿和一条正在挥动的胳膊。一个声音说："他就是这个院子的主人，这里头有一个故事。"

这雕像，是红楼主人的灵魂。我为这个发现而深感自豪，就伸出双臂大声说：“看啊，石头站起来比画着！”

我想说的是，这里的主人还活着。我的话，没有得到任何回应。四顾茫然，天地之间只剩下我一个人。我听见我的声音在空寂的荒野上回荡，再次感受到空气里的荒凉。

在伪装成房子的山谷里

荒原上有一条小路，路旁爬满裸露的树根。 它们其实是伪装成树根的蛇。 这种蛇有剧毒，只要被它咬上一口，必死无疑。 我很害怕，可是，我的任务是沿着这条小路往前去。

我用一根长长的棍子在脚下来回滑动，也就是打草惊蛇。我像探雷的工兵那样，一步，一步，慢慢地往前走。

走着走着，我突然来到一排房子前。 这里的房子，墙体完整，却没有房顶。 房子的墙很高。 说是墙，其实是山壁。 天啊，我竟然置身于一个伪装成房子的山谷里！ 这里的情况很复杂，也很危险，随时可能遭遇的，不是虎狼，就是蛇蝎。 可是，到了这里，已经没有退路，我只能硬着头皮往前走。

突然，一根黑色铁丝凭空出现，铁丝上盘着一条小蛇。 我本能地仰卧在地，缩着脖子，抱着头。 那条小蛇，从我面前的铁丝上滑了过去。 我清楚地看到，小蛇盘曲成一个很好看的造型，它是想扮演纽扣。 第一波袭击，就这样过去了。 我知道，这是试探，为的是吓唬吓唬我，甚至有点开玩笑的意思。

紧接着，一条大蛇沿着虚空中的铁丝滑了过来。 这蛇，有壮汉的胳膊那么粗，黑色，肥胖，眼里射着磷光，以挑衅的眼神盯着我。我知道它这是在表演，不一定会真的咬我，但我依然很恐惧：如果它突然改变主意，咬我一口，我就完了。

第三波，来了一条灰黑色巨蟒，它看上去就像是深水里的一株古树。它并非沿着铁丝而来，而是以一种虚拟的形态出现在空中。我知道这个家伙更凶险，却不知道该怎么办，只好继续缩着脖子，抱着头，紧张地四下张望。

母亲在山的高处，跺着脚，挥舞双手冲我比画着。我明白她的意思：快点离开。我也在紧急地想着办法，可一时又想不出脱身之计。

许多人明白我的处境，也在替我担心，可是他们也没有什么招数。

那根铁丝像一道黑色的影子，带着一种威压感在空中悬着。我缩着脖子看了看，发现那根铁丝上暂时还没有新的蛇出现，就战战兢兢地从地上爬了起来。我望着黑沉沉的山谷，不知道前面还藏着何等凶险，站在那里，不敢往前走。

突然，一望无际的荒草，像洪水一样掀起连天浪涛，朝我涌了过来……

村庄的气息

一只猫头鹰趴在窗户上，它有一人多高，睁着一只眼，用沙哑的嗓音说：“村子都流脓啦，你还在这儿喝茶！”我感到问题严重了，就急忙起身往门外走。

猫头鹰像一个背着手的人那样，把翅膀背在身后，大步往前走。我知道它的意思——领我去看我的村庄。

来到一个山崖之上，四顾茫茫。我的村庄呢？猫头鹰说：“村庄钻到地下去了。我不骗你，我能闻见它的气味。”

我的脚下，突然冒出一根青藤，它像小狗那样轻轻地咬我的脚后跟。不知道这是什么意思，也不知道是否跟我的村庄有关。

闻到一股蒸馍的味道。哦，这就是村庄的气息吧！这说明，我所站立的这个地方就是我的村庄，只是，它已经在地下了。我想哭，可我咬着牙，没有哭出来。

猫头鹰把睁着的那只眼闭上，随即睁开另一只眼，它这是在表达一种满意的情绪。于是，我对它说：“你看，我是不是一个很坚强的人啊？”

猫头鹰自言自语：“我只想吃馍，而不想吃肉。”

我是如来佛左脚排行第二的弟子

沿着熟悉的石板街道，我正在离开故乡。婶子前来送行，要送给我很多很多东西，那是一些鼓胀的包袱和提包，还有一根桅杆，它们都放在一辆牛车上。我指着桅杆，说："我要不了这么多东西，您还是拿回去吧。"婶子哭起来，边哭边说："你是嫌我穷，送给你东西你都不要……"

我转眼来到一个地方，这里有一面土墙，很高。我顺着土墙往上爬，爬到一堵更高的土墙上。土墙摇摇欲坠，我感到危险，心里慌乱起来。突然看见一个朋友，他是一位诗人，长脸，黑皮肤，头发蓬乱，正沿着土墙下面一条窄窄的土路朝我走来。我们说着话。我知道，这是他家的院墙。我一边跟他说话，一边贴着靠墙的一棵树滑了下去。

我滑落在一片旷野上。这是青藏高原。周围只剩下我一个人，放眼看去，满眼都是白花花的寒冰，近处是砾石，远处是高山。我漫无目的地走着，突然看见一个很深的土坑。坑里有两个小孩儿在玩耍，其中一个示意我到他们那里去，我没有过去，而是站在坑沿上看着他们。原来，他们各自在两腿之间夹着一个黑红色的圆滚滚的东西，在用力地吹。那东西被他们吹得明晃晃的，我看清了，是人的心脏。他们用意念告诉我：只有这样吹，才能修成正果。我厌恶地走开了。其中一个孩子说：“让他走吧。”那意思是：他会后悔的。

我就要饿死了，就要累死了。我感到恐惧。

不能继续待在这里了，我得往前去。

动了走的念头之后，我感到自己不是在走，而是被风吹着在空中飘。不知过了多久，也许是一瞬间，我的眼前出现了一座灯火辉煌的寺院。大殿里有一尊金灿灿的佛像，佛像前坐着许多人，这里一片静默。突然，大殿深处传来低沉而浑厚的声音：“你是如来佛左脚排行第二的弟子，你的名字叫喜来登！”这声音像是从山洞里发出来的，回声四起。

顿时，我沐浴在阳光里，温暖，轻松，愉快。

我张开双臂，做出要飞的样子，并大声说：“我是如来佛左脚排行第二的弟子，我的名字叫喜来登！”

我听见我的话，并清清楚楚地看到了那个座位。

那是我的座位。

第二札

星光！　星光！

从一个村庄里出来，天一下子黑了，我走在一个被黑纱笼罩的灯罩里。

我是被人驱逐出来的；不对，是我自己主动逃离的——那里遍地都是垃圾和蛇，我受不了，就选择了出走。我要寻找一条大江。脚下是一条土路。这路似乎是朝着北方，又似乎是朝着南方；当然，也可能是朝着东方或西方，我已经不能辨识方向。

感觉身后有人，我朝身后瞥了一眼，果然看见右后方有人在不远不近地跟着我。觉得那是一个人，却看不见他的身体，只看见一丛摇曳的星星像一堆飘舞的萤火在高处亮着，这是那人的头发，他是带着星光来的。细看，那人是有身体的，他的身体稀薄，半透明，与夜色融为一体，所以不仔细看是看不出来的。那人给我的感觉是，他不放心我，是特意来护佑我的。

眼前是一面陡坡，爬上去就可以到达江边。还没有爬上坡顶，我就看见了那条江。江心有一个长条状沙洲，像一片树叶漂在江上。江面波光明灭，感觉那江水很深，黑暗的江水在剧烈地起伏和涌动，有一种威力无比的东西在搅动江水。

一个声音说："过了这条江，你就再也回不来了。"我突然明白，眼前这条江，其实是一条黑白相间的细线。这是一条不可逾越的边界。

那话是真的。

我反身往回走。

那个头戴星光的人始终在我四周，时而在身后跟着我，时而在前头等着我。

我朝那人走去。两边的山峦跟着我，它们用意念对我说："写写我们，写写我们。"

感觉离那人已经很近了，眼看就要撞上他，他突然闪开，像是为我让路。在那人的右侧，有一根虚拟的竹笋冒出地面。这竹笋其实是一个按钮，它连接大地；按下它，大地之门或天堂之门就会被打开。

我站在那里，等待此后的结果，就像等待一个判决。

没看见那人的手，也不知道那个按钮是否已被启动，我只感到身体一动，被一种力量托举着，朝着星光，飞去……

星光！星光！

叛乱

一本书，从中间自然打开，是它自己打开的，它边打开边通过意念对我说："我是《李自成》。"

在翻开的那面书页上有一幅淡淡的、若有若无的画，它不是插图而是以底纹的形式独立存在的绘画作品，是一幅山水画。能看出它是一幅画，是因为此刻它正从浅淡的朦胧的状态向浓重和清晰过渡，不仅颜色越来越重、线条越来越清，连书页也变得厚重起来，具有了画纸的质感。原来，这幅画再也不能忍受作为底纹的身份卑微地存在，它要从背后走向前台，从底层升至上层；它有一种不可遏制的欲望：当主角。

这面书页上的文字变得越来越模糊，到了后来，它们完全被快速浮现的山水画所遮蔽，已经看不出是铅字了；非但如此，山水画上的瀑布，此时竟然流动起来。这幅山水画的意图十分明显：用瀑布把这书页上的文字冲掉，让这面书页成为一幅名副其实的绘画作品。

太过分了！

书页上的铅字们愤怒了，它们活过来、动起来，就像为了捍卫自己的地盘而奋勇战斗的甲壳虫那样，开始撕咬那幅山水画。它们要夺回属于自己的书页，把山水画从书页上驱逐出去。但这些文字显然不是山水画的对手，经过一番搏斗之后，它们虽然还在不停地挣扎着、踢腾着，但最终还是像枯枝败叶那样，被画面上的那条瀑布裹挟着无可奈何地顺流而下，被彻底地冲走了。

书本随意翻动了一下，翻到了另一页。

这一页里也不平静，其中一部分文字正在实施一场叛乱。原来，这些文字是军人伪装的，许多年来他们以文字的形式潜伏在书中。这些伪装成文字的军人，对书中关于自己的描写十分不满，他们忍无可忍，决定揭竿而起。他们挥舞着偏旁部首，在书页上胡乱奔走，一场哗变就这样形成了。这些文字——也就是那些军人——目标很明确：重新排列组合，重写有关他们的故事情节。而另外一部分文字——那些黑体字——却不同意，于是就与叛乱的文字打斗起来。

到了最后，这书页上的文字就像两群拼死搏斗的蚂蚁那样，彼此纠缠着、撕咬着，使整个书页乱作一团。

天啊，怎么会是这样！

看来，这本书是没法读了。

人生方程式

与人合作一个项目，我邀请那人到我这里来。这是一个中年男子，他的职位很高很高，名气很大很大，所以当他出现在我眼前的时候，空气中弥漫着大片大片阿拉伯数字，看上去就像是铺天盖地的蜂群。数字的阵列不是出现在他身后，也不是出现在他面前，而是飘浮在他头顶上方，宛如一个巨大的华盖。这就充分证明，他不仅是一位大人物，而且是一位数学家。

与此人一同出现的是三组数字，准确地说，是三个算式。

最先出现的是加法算式。一个一个数字之间不规则地夹杂着一个一个加号，数字是近乎透明的，而加号则是黑色的。这个算式很长，感觉就像是一群逐次咬着尾巴的玻璃鱼被一根由众多十字架所构成的链条穿着，从我眼前缓缓游过。与这个算式相伴的是一连串清晰而单纯的画面，那是一些物件的影像，我清楚地记得其中有羊和斧头。

接下来，是乘法算式。与这个算式同时出现的是一串更长的数字，数字与数字之间的符号理所当然是乘号。这些数字像一堆蚯蚓和一团破旧肮脏的绳子，相互扭结、穿插并纠缠在一起，所以此时出现在我眼前的画面也就互相叠加、穿插，纷乱不堪，严重变形，看不清那画面上究竟是些什么东西。

第三组数字显得稀稀拉拉，看上去就像深秋时节树上挂着的几枚稀疏的野果。这些数字是灰白色的，安静，寂寥，呆呆地飘浮在空中。这应该是减法或除法，却没有见到减号或除号。也许是设计这个算式的人觉得这些符号可以省略，也许是因为那些数学符号太小了，淹没在一个一个相距甚远的数字之间，难以被发现。

这三个算式只是短暂地呈现了一下，转瞬间，它们自动排列成一个综合算式，上面两组，下面一组，中间是一道横线，在横线的右端有一个乘号，在乘号的后头有一个数字，是360。这是一个常数。

这是什么意思呢？

我正要讨教，只见那人昂着头，露出神秘而高傲的微笑，意味深长地点点头。这时候，综合算式上的数字迅速浓缩成了几个拉丁字母，整个算式瞬间简化成由几个字母和一些古怪的符号组成的方程式。方程式在我眼前迅速后退，就像飞走的鸟儿那样，向着天空倏然隐去。

啊，人生方程式！

我想知道这个算式最后的结果，一个声音说：“除了常数，都是变数。”

那个带来数字和算式的人不见了，所有的数字和算式也都不见了，我的眼前是无边的白茫茫。

我不吃饭，只吃光线

在一个村庄旁边，我遇见我的灵魂，它是一个木质鸡头，不知道是被谁举着，在虚空里出现。我的灵魂怎么会是这个样子？我很好奇，就上去摸了一下。这一摸，鸡头——我的灵魂　活了，变成了一只完整的鸡，在地上“咯咯咯”地奔跑起来。它的羽毛十分鲜艳。

那只鸡不知跑到哪里去了，我孤零零地站在村外。当我再次朝村子望去的时候，眼前出现了一幅画：低矮的石头房，几棵树，还有一口池塘。我知道，这就是眼前这个村庄的景象，可是它已经被高度艺术化了，具有抽象的意味。突然想起，我来这里，是为了寻找一个名叫庄子的诗人。这幅画的出现，是为了点化我。

村子大而凌乱，没有道路，到处都是房子。

他在哪里？

不知道。

找找看。

跟我在一起的是一个小女孩儿，她八九岁的样子，很瘦。

她蹦蹦跳跳地走在我的前头，就像是一件挂在衣服撑子上的衣服。走着走着，突然迎面遇见两个熟悉的女人。她们之间的关系很不好，此时，却笑盈盈地并肩站在一起。我知道，她们这是在演戏，在做给我看。我顺手把挂在臂弯里的上衣扔给其中一个女人，她接住了。

我来到一户人家，隔着荆棘篱笆，看见一男一女正在吃饭。我问他们是否认识庄子，那个女的先是说不认识，随即诡秘地一笑，朝西南方向瞥了一眼。我立即明白，他们是认识庄子的，他就住在村子西南方向。

小女孩儿依然蹦蹦跳跳、手舞足蹈地往前去，她似乎知道庄子的住处。果然，她带我来到一所破房子前。屋里很黑，进去之后，看到一束光从房顶上照下来，正好打在一个人的头顶上。这是一个人的背影。我知道，此人就是庄子。小女孩儿蹑手蹑脚地走到庄子背后，摸了一下他的脸。我也从他背后上去，双手用力地胳肢庄子。他大幅度地痉挛，猛地扭过头来。我看到一张像成熟的冬瓜那么大的、肥胖、灰白、布满粗大毛孔的脸。由于抽搐过猛，庄子的脑袋在脖子上很危险地晃了好几下才勉强稳住。我既紧张又羞愧：怎么能这样粗鲁地对待一位诗人呢？万一把他的脑袋弄掉了，可如何是好！

一转眼，感觉眼前的庄子，已经不是刚才的模样。此时的他，瘦瘦的，穿着一件宽大的、松松垮垮的麻织衣服。他无奈地笑着，摊了摊手，说："那个羊贩子，把我的诗歌拐走了。"他说着，随手捧起一本书读起来。

单看他的衣服，我就知道他没有吃饭。我想请他吃饭，他看了我一眼，笑了笑，没有说话。他的意思是：我不吃饭，只吃光线。

再看庄子，他的头发已经变成青藤，像一股青烟，飞快地往房顶那个透光的地方飘去。

羽毛花

我与几个人一起来到一面山坡上。走着走着，发现这山坡是由书本变成的，一畦一畦绿色植物其实是一行一行文字。这一点，只有我能看出来，所以，我就踩着一行文字慢慢地往前走，这就是创作。这种感觉让我兴奋不已。

左前方山坡上出现了一尾竖立的羽毛。这近乎透明的白色羽毛，像一株小树那么大。羽毛背后一片漆黑，就像黑色幕布那样，使这羽毛格外醒目。这羽毛，羽翎洁白如骨，粗壮如椽，羽毛自下而上越来越细软，到了顶端，看上去俨然是一团白烟。我明白了：这东西叫羽毛花。

羽毛花在我到来之前就出现在那里，似乎是在等待什么。不对，它的出现，应该与我的到来有关——我踩到了某个字，那个字是机关，就藏在一行一行文字中间，我无意间踩到那个字，启动了机关，于是羽毛花就出现了。只是，我不知道踩到的究竟是哪个字。

羽毛花在黑暗中微微晃动，顶端轻雾袅袅，这是它在思考的缘故。啊，我知道了：这羽毛花其实是一支笔，漫山遍野的植物——也就是文字——都是它写出来的。

灵魂交易

大地在飘移。

我与大地一起行走，向着天空而去。 造成这种态势的原因是另外一块大地飞过来，把我脚下的这片大地撬了起来。

等我回过神来，我已经置身于一个完全陌生的空间。 在这里，万物都是飘浮着的，且变幻不定。 举目四望，眼前出现了数不清的东西。 这些都是我从未见识过的，它们时而具象时而抽象。 具象的时候，它们是马、猫、公鸡等——姑且这么说吧，它们只是像而并非这些东西；抽象的时候，它们则呈现为高高低低、大大小小、形状各异的色块，红的、黄的、蓝的，还有一些是天空的颜色——呃，天空的颜色并非确定的，它可以被我意会到，却看不见。 一个意念说："它们都是灵魂。 这些灵魂，有的价值一千万，这还不是最贵的——最贵的是无价的；而有些灵魂却是负值——这在人类灵魂中占有一定比例。 灵魂可以交易。"

原来，这就是传说中的灵魂交易所。

说是交易所，却并非一个有限的、可知可感的空间，它无边无际，跟宇宙一样大；不仅如此，它每时每刻都在变化，完全不可把握。在这里，信息的传递是通过意念进行的。我不知道此刻自己处于什么位置，不知道最贵的灵魂是什么样子，不知道每个灵魂的具体价位，只知道这里就像是一个会展中心，灵魂在这里既是展品又是商品。我想看看灵魂之间是怎么交易的，可是看了半天也没看明白。

从表面看，一个个灵魂静静地悬浮着，但细看，灵魂的形状和颜色却在悄然发生变化。此前之所以看不明白，是因为它们变化太快了：马，瞬间变成猫；猫，瞬间变成公鸡；公鸡瞬间变成马……就这样循环往复，变幻无穷。那些以色块的形态存在的灵魂，也在闪电般由红而黄、由黄而蓝依次变幻。更有意思的是，这种变幻并非严格遵循固定的顺序，说不定在哪个时候、因为什么原因——譬如某个意念的介入——所有参加交易的灵魂都会突然改变运动轨迹和交易次序，原本的秩序和形态就会发生不规则的变化。

莫非，这就是灵魂的交易方式和交易规则？

好玩儿！

我想加入这场交易中来，但由于拿不准自己买得起什么价钱的灵魂，估算不出我的灵魂究竟价值几何，自然也就无法开价。

那个与天空一个颜色、与天空一般大的灵魂，是灵魂的判官，也是灵魂交易所的经纪人，我可以征求它的意见。可是，我只能感知到它的存在，却无法找到它；况且，它与任何一个灵魂一样，具有不确定性，且变幻不定，因而也就不敢——且不能——完全仰仗它。

这交易实在是太危险了：参加交易的灵魂瞬息万变，无法确定此时此刻某个灵魂是在什么状态、处于什么价位，如果我买到手里的时候它恰好是负值，那可怎么办？ 即使有幸买到一个很贵的灵魂，一眨眼，它贬值了，变得很贱，甚至成了负值，我又怎么办？ 我像小学生那样，扳起手指头，笨拙地计算着，口中念念有词。

倒立

眼前是一条河，河面不宽，说它是沟也行。在河岸上，我跟一个陌生人一起走着。我感觉是走在河的左岸，不知道怎么回事，走着走着却到了河的右岸。

我想回到左岸去。这时，河水急速上涨。我用一根木杆撑起身体，从河道最宽的地方跳了过去。

在河的左岸，我扭身朝河里望去，河床的水底有一双清晰的脚印，说明我的双脚曾经在那里停留过。这时候的河床，急速变宽，显得无边无际。这么宽的河流，我是怎么跳过来的呢？我感到吃惊。

更让我吃惊的是，我的身份发生了巨大变化。这种变化其实只是一种感觉：我已经不是原来的我。原来的我与现在的我差别在哪里，说不清；我只是觉得，现在的我与原来的我完全是两个人。我知道，这种变化是河岸造成的。我的心情沉重起来，身体也随即弯折，就像是在弯腰抱起一块大石头。

我的一位当官的朋友跟我在一起，他什么也没说，但从他的眼神中我读出了他内心的话：“你没有必要冒这么大的风险。你从对岸跳过来只是为了好玩儿，这是不值得的。你看你，已经回不去了。”

恍惚间，我跟一群诗人一起走在河床上。河床上遍布大大小小的鹅卵石，还有一些死鱼。这些死鱼虽以化石的形式存在，却散发着浓重的腥气。我知道，死鱼是在以这样的方式，努力证明自己不是石头而是真正的鱼。

河岸上开过来一列小火车，那个叫王胡子的老乡在上头坐着。看见他，我很高兴，就举起双手很响地鼓掌。他也看见了我，笑着跟我打招呼。从他那赌徒般的神情判断，他刚刚在一场赌博中赢了，赢了个大满贯。小火车在飞驰，我却始终在跟王胡子说话，这说明我所在的河床也是在飞驰着的。就在我俩说话的时候，跟我一起的一位诗人冲王胡子挥着双手，大幅度地比画着。他对王胡子赢钱这件事十分不满，从而对他冷嘲热讽。

我的面前出现了一架像火箭那么高大的鱼骨。这是一架完整的鱼骨，鱼头朝向天空，尾巴支撑在地。这个动作的意思是：这是一条倒立的鱼。

倒立，是这架鱼骨想要表达的主题。它是故意的。我感到，它的这种姿势与我有很深的关系。哦，我想起来了，我是吃过鱼的，而且是从尾巴处开始吃的，是我的这种吃法造成了鱼骨目前的状态。当然，也许恰恰相反，我并没有吃过这条鱼，是这条鱼自己选择了倒立。如果说这架鱼骨的姿势与我有什么关系，大概是因为我在河床上行走的时候，无意中踩住了鱼的尾巴——那是一个机关，这机关一旦被踩踏，鱼骨就会头朝上弹起来。不管是什么原因，有一点是可以肯定的：从力学原理看，那鱼骨是倒立着的。

我明白了，原来，我置身于一个博物馆，刚才所看到的那一切，其实是某个陈列展的一部分。 这博物馆是一个装置，它要表达的主题是：世界的本质与秩序。

吃愁虫

我在一条小路上走着，路上铺满五彩缤纷的花瓣。

隐约感到眼前有一棵树，我看不见这树，只是看到头顶有一片像云彩似的半透明的东西，我知道这是树冠。我走向这棵树，目的是要在树洞里睡觉。我困极了。

心头一紧，感到心里有什么东西在抓挠。肯定是虫子在咬我的心！我蹲下身子，把心掏出来。我的心里没有虫子，它是一个像拳头那么大的花蕾，外面包着一层灰色油脂，这层油脂叫“愁”，摸上去硬硬的、凉凉的，像金属。

我的心竟然是这个样子！我既紧张，又不好意思，生怕被人发现。我在胸口慌乱地抓挠着、撕扯着，急于把心装进胸腔，却怎么也塞不进去。

我捧着心，无奈地望天。这时候，从树冠上垂下来一个东西，细看，是一只近乎透明的虫子。这虫子的形状像天蚕，被一根透明的丝线吊着，它用无声的言语对我说：“我吃愁。”

它是一只吃愁虫！

我捏起吃愁虫，把它放在我的心上，这虫子立即像蚕吃桑叶那样哗哗地吃起来。我心的表面出现了一个洞，这洞在迅速扩大，里头的花蕾一点一点地绽放开来，露出红色花瓣。

等到把我心的表面那一层硬壳——也就是“愁”——吃完的时候，那虫子变成了一枚黑色鹅卵石。这鹅卵石，僵硬、冰凉、斑斑驳驳，浑身布满纵横交织的丝线。望着手心里的鹅卵石——也就是吃愁虫——我突然难过起来：唉，你把自己吃成了石头！

我捧着我的心——此时它是一朵轻盈、闪亮的花——蹦蹦跳跳地往前走。我决定把这枚鹅卵石做成吊坠，当作永久的纪念物挂在脖子上。

就在这么想着的时候，鹅卵石——吃愁虫——突然不见了。它是被谁收走了，还是化作蛾子飞走了？

我哭起来。

人体骨骼标本

在一个像是小型会议室或是茶室的地方，我和我的一个替身与另外几个人商议，把我和我的替身制作成人体骨骼标本。

制作工艺很简单，只需把我——此刻也许是我的替身——蒸熟了，骨头，包括脆骨，就自然地变成了标本。我在一旁站着，没有看到剔除皮肉的过程，皮肉似乎是自动消失的，整个制作过程瞬间就完成了——动了那个念头之后就完成了。

第一个标本制作出来之后，它只能坐着或是站着，不会动，白花花的，像个灯架。我对这个标本不是太满意，却又不知道拿它怎么办。一个意念说：第一次搞这个嘛，算是试验品。

第二个标本，也是瞬间就完成了。我伸手在标本的头部摸了一下，也就是为它安装一个叫“嘎唔”的东西。“嘎唔”就是灵魂电极，它发着蓝光，是我从未见过的那种无比晶莹的蓝。这个骨骼标本似乎是得到了某种暗示，在我面前走动起来，明显地带着表演的意味。一开始，它像机器人那样走着，显得不太灵活，走了几步之后就变得自如起来，甚至来了个舞蹈动作。我知道，它这是在提醒我：它已经独立于我之外，与我毫无关系了。

既然我和我的替身都被制成了人体骨骼标本，那么，现在的“我”又是谁，又是什么样子？

想跟人讨论一下这个问题，跟我一起制作标本的那些人都不见了。看起来，刚才做的那件事，其实是一场阴谋。

在刚才制作标本的那个地方，出现了一堆皱巴巴的东西，像是一些破衣服，仔细一看，是一堆人皮。这是我的皮啊！我难过起来，想把它披到身上，突然，这一堆人皮像流动的鼻涕那样在地上蠕动起来。原来，这里头包着我的脑子，是脑子在动。

不知道接下来该怎么办，我在一旁怔怔地看着……

亡灵的托付

这时候，我的儿子有五六岁，白白的，不胖也不瘦，很结实。我们父子俩在一个小区的甬道上玩游戏，我跑，他追。他追赶我的时候，身手矫健，就像哪吒。他一边追一边用手中的纸飞机朝我身上扔，纸飞机飞得很快，而且追踪得很准，就跟微型无人机一样，不论我怎么跑、怎么躲闪，每一次它都能撞到我的头上、身上，儿子就“咯咯咯”地笑个不停。

为了躲避那纸飞机，我时常会跑着跑着突然拐到甬道旁边某座房子的墙角。可是，每一次，儿子总能在墙角处找到我。找到我的时候，儿子就笑得更开心了。这样，我们的游戏变得复杂了一些，像是捉迷藏，很刺激。

为了使游戏玩儿得更刺激，我突然加快了奔跑的速度。跑着跑着听不到儿子的脚步声了，也不见纸飞机飞来，我扭身看去，只见儿子正双手着地，撅着小屁股，看样子是要玩儿倒立。这给了我躲藏起来的机会，我闪身朝甬道左侧的一栋房子里躲去。

这是房子的北墙，屋檐下有一片阴影。当我走到阴影下的时候，那墙壁突然朝房子里头凹陷下去。那堵墙其实是一扇门，门扇从外朝里开。此时，我贴在门扇上，被它带进了屋里。屋里黑洞洞的，这黑，随着我的进入而不断加深。这浓汤似的黑，丝丝缕缕的，像是有一些东西融化在黑暗中，我只能感觉到它的存在，却看不见。这一团黑，正在把我往黑暗深处拽，我仿佛正在沉入一口布满水草的泥潭。我知道，这黑，是另一个世界。我就要被融化——溶化——在那一团黑里了。

儿子在外头喊我："爸爸——爸爸——"他的声音像是从水下传过来的，含糊，遥远，紧张，战栗。

如果继续待在这里，儿子就找不到我了，他会吓哭的，他会跑丢的！我从屋里挣扎着往外去。

身后那一团黑停止了对我的吸引和拖拽，变得犹疑和若有所思，于是我继续努力向前，试图挣脱它。突然，一股阴气从我背后吹过来，脊梁上有千千万万个细小的手指在不停地抓挠，仿佛有无数只虫子在我脊梁上爬来爬去。这些手指是在传达一种急迫的心情。我突然灵醒过来：这里曾经发生过一场大战，死了很多很多人，这屋里的黑是由亡魂们的影子凝聚而成的。此刻，这黑——也就是无数亡魂——并不是想把我困在这里；恰恰相反，他们是想放我走。他们之所以不停地抓挠我，是想让我给他们的家人捎信，说他们就住在这里，他们想回家却找不到家了，如果家人想他们，就到这里来。

我想尽快走出这黑，却怎么也拉不动腿。我浑身发冷，而脊梁上那些手指的抓挠也越来越急切和烦乱。我缩着身子，大声地、呜呜地喊叫起来……

裂纹

突然看明白了：天穹，是亮晃晃的脑门；伸向远方的半岛似的大地，是舌头（唔，那微微隆起的土黄色山岗是舌苔，那影子似的若有若无的树木和花草是味蕾）。

舌头——大地——上布满裂纹。这些裂纹，只有我才能看见。我知道，这些裂纹是大地深刻的想法。此刻，裂纹们以急切的神情、哀求的目光望着我，意思是“救救我！”。

怎样才能拯救这些裂纹呢？我在天地之间用力地看，看得气喘吁吁，额头上汗涔涔的，好像只要一直这样看下去，就能找到拯救裂纹的办法。看着看着，我灵机一动：呃，有了——用我的汗水去浇灌裂纹。这是拯救它们的唯一办法。

裂纹遍地，从哪里开始浇灌呢？我急切地四下探看，终于看清楚了：大地上有三道很深很深的裂纹，它们深达地心。这些裂纹是大有深意的——大地有话要说。正是因为大地倾诉的欲望太过强烈，大地上的裂纹才如此之深；正是这不可遏制的倾诉的激情，才让大地之舌长出了嘴巴。对了，这些裂纹，正是大地之舌的嘴巴。

这三道裂纹——也就是大地之舌上的三张嘴巴——从南到北纵向排列。我匍匐在地，把脑袋贴在地上，用脑门上的汗滴去浇灌裂纹。当我爬到第一道裂纹上的时候（这深沟隐藏于地下，只有我才可以看清楚它的具体方位），这裂纹向我传递出一个意念：“我正在写作，你的汗滴就是我的墨水。”

如此说来，这三道裂纹其实是一个写作者的三重身份；或者，这是大地在同时创作着的三部作品。我既焦急又难过：写这么多东西，要消耗多少墨水啊，光靠我脑门上的汗水怎么够呢？我感到自己责任重大，就急得哭了起来。

我边哭边继续爬行。这时候，我已经赤身裸体。扭头朝身后看去，但见七零八落的衣服碎片像一条条蠕动的小蛇正朝地缝里钻去。这是我的衣服做出的决定：它要记录裂纹们的话语。

没了衣裳，我怎么在人间走动？

一急，我像蜂鸟那样飞起并悬停在空中。我看见我的身体依然趴在地上，我还看见那三道深深的裂纹上敷着深灰色的膜。这表明，我的身体正在与裂纹融为一体；同时表明，那三部作品即将完成。我满怀依恋地看着我的身体，鼻子一酸，眼泪流出来了。泪水啊，流吧，流吧，如果我的眼泪滔滔不绝，也就解决了汗水——也就是墨水——不够的难题……

舌头哭了

在茫茫夜色里，我迷路了。

我记得，在来到这里之前，我与一些人相聚在一座古堡里，古堡上方有一颗翠蓝色的星星，如果找到那颗星星，就能辨认出我此刻所在的方位。我朝天上望去，天上竟然出现了五颗星星，四方各一颗，中间一颗，我站在正中间那颗星星下方，四周的星星在飞旋；那么，我此刻置身何处，又该往哪个方向去呢？这就是我迷路的原因。

河对岸一豆灯光，像萤火虫那样一闪一闪。我像走失的孩子突然看见妈妈那样，哭喊着朝灯火跑去。

这是一个农家，青砖瓦房，从木门光滑而深刻的纹路看，它的年份十分久远。两扇窗户亮着，证明屋里有人。我来到门前，敲门，我想问路。突然，我的舌头打了个死结，不能动弹，发不出一点声音。

屋里传来脚步声。

天啊，如果房子的主人开门出来了，我却说不出话来，那将是多么令人尴尬的事情！我的心脏在剧烈跳动。我转身欲走，双脚却不能动弹。

这可怎么办？ 呃，有了，我可以把舌头从嘴里拽出来，在舌头上写字。 我决定用这种方法向房子的主人问路。

当我拽出舌头的时候，发现它是一个两指宽的布条，蓝色的，肮脏，破旧，布满灰尘。 没想到我的舌头竟然是这样的，这大概是我长期不曾说话的缘故。 我大窘，想把它塞回嘴巴里。 就在这个时候，门开了。

竟然没有人！

原来，这木门其实是一张嘴巴，那两扇亮着的窗户是眼睛。我知道了，这房子其实是一个人，他的年岁很大很大，他在这里等我，等了几千年。 面对他，我必须说点什么，我也很想向他诉说。 于是，我用右手甩动舌头，也就是甩动蓝布条，我只能用这种方式跟房子——也就是那个老人——说话。

我像小时候在村口甩动燃烧的笤帚疙瘩那样，忘情地甩动舌头。 舌头带着风，发出“呜儿——呜儿”的响声。 甩着，甩着，舌头上的结不见了，舌头得到了解放，变成飘舞的丝绸，像一个扭秧歌的人，有一种欢天喜地的感觉。 太好了，太好了！我激动得想哭。

就在舌头响着的时候，木门——那老人的嘴巴——也发出“呜儿——呜儿”的响声。 这响声，与我舌头发出的声音相互应和，在无边的夜空中此呼彼应。

我明白了，是伪装成房子的那个老人把我引到这里来的，他想跟我说话。

我的舌头放声大哭。

脚印

地上有个跟人体一般大小的脚印。这个脚印完全是人的形状，它的名字叫“春”。

这是在一条小河边上，脚印散发出浓重的尘土气息，在地上一起一伏，脚尖部位深深地扎下去，地上现出一个一个小坑。脚印是在以这样的方式走动，同时也是在演绎一种骚动的情绪。

脚印像小狗那样望着我，用无声的话语对我说：“我必须找到另一个脚印，否则，我会死去。”听它这么一说，我紧张起来，觉得此事与我有关，我应该帮它，不能让它死掉。

定睛细看，那个脚印竟然是我的身影。原来，那个脚印其实就是我自己！

麻烦了！

我绕着那个脚印转起圈来。我在想办法。转着，转着，我突然明白了，我要找的下一个脚印是“夏”。我必须找到它，并与之重叠；重叠之后，我就成了“秋”。

可是，“夏”在哪儿呢？

这时候，脚印朝着河的方向蠕动起来。哦，我知道了：

“夏”，其实就是那条河。我立即将那个脚印——也就是“我”——卷起来，像包袱那样扛在肩上。我要过河。

没想到，我的一只脚刚刚进入水里，肩上的脚印立即滑落水中，与河流融为一体。“我的脚印！我的脚印！”我大叫起来。

脚印就这样消失了，或者，就这样跑掉了。我不知道我是谁，也不知道接下来该怎么办，就在河里不停地叫着……

信使的咒语

有人在追捕我。不见人影，但闻越来越近的马蹄声和此起彼伏的号叫声。山川向我身后疾走，像飞逝的云影。

追捕我的人，是要夺取我身上的一封信。说是信，却没有投寄地址，也没有收信人姓名，它只是一张写着密码的纸。只有我知道，这是黄帝的DNA信息。这密码是咒语，谁拥有了它谁就可以长生不老。为了摆脱追捕，我想把这封信扔了，可是这东西已经印到了我的皮肤上，所以，如果我被那些人抓住，他们一定会剥了我的皮。我只能逃跑。

脚下的土路有单人床那么宽，很平，感觉就像是一条传送带。我知道这条路是在暗中配合我、帮助我。正跑着，这路突然向地下钻去。我闪在一旁，眼睁睁地看着这路像暗河那样向地下流去，那些追捕我的人猝不及防，他们就像是水中的枯枝败叶那样被裹挟着冲走了。这是路的主意——把追捕我的人引开。

就在我茫然四顾的时候，另一条路像跷跷板那样从地下升起来。这是一条壕沟，仅可容下一人。我知道，它不是一般的壕沟，而是一条驿路，是专门为信使准备的。这路有许多分岔，像蜘蛛网那样四通八达。我在一个路口犹豫了一下，凭本能觉得应该向左，也就是朝东方去。果然，走了没多远，便看见一片青灰色屋顶。那些房子像捉迷藏的人那样躲藏着，在暗中等待什么人。

我闪身进入一个宅院，院子里有三个人，一男一女两个成年人，还有一个小男孩儿。我一丝不挂地站在他们面前，大概是刚才逃跑的时候把衣服和鞋子跑丢了。怎能赤身裸体地出现在人前呢？我大窘。想向他们讨一件衣服，他们木呆呆地望着我，脸上没有任何表情。我不知道他们是不是收信人，于是试探性地念了一句咒语。没想到，那两个成年男女苹果一样年轻瓷实的面容在我眼前迅速枯萎，他们的脑袋也在萎缩，连身体也开始缩小。几乎是在一瞬间，那一对成年男女就变成了两枚拳头大小的紫黑色干果。

怎么会是这样！唉，是我毁了他们！

我悔恨万分地低头看了一眼那两枚干果——也就是那两个被咒语困住的人——打算向他们道歉，突然，那两枚干果不见了。只见这院子的地上，也就是那两枚干果原先所在的地方，出现了两条像电缆一样的线条，一红，一蓝，断断续续，就像是撒在地上的两段灰线。这两条线像宣纸上的水彩那样慢慢地向地下洇染，随即化作两道隐约可见的光影，向着远方的山峦迤逦而去。我知道，这是那两个人的灵魂跑掉了。我更加难过起来。

为了弥补我的过错，我抱起那个孩子，我想收养他。这孩子大概一两岁，瞪着一双葡萄一样又黑又亮的眼睛，浑身油光发亮，像个白瓷娃娃。他的分量很重，就像是金属或陶瓷做的，身上的肌肉粉白油润。就在我抱起这孩子的时候，发现他的小鸡鸡有一尺多长，硬硬地向前挺着，白白的，嫩嫩的，像是一段长势良好的芦苇根。

啊，这是暗号，他就是那个收信的人！

我用红头绳拴住那小孩儿的小鸡鸡，做个标记，以防止他跑掉。我轻声念起咒语。没想到，这孩子就像是一只迅速脱水的苹果，先是左脸变皱，接着右脸也变皱。我大惊：莫非我把咒语念错了？或是不该用绳子拴住他的小鸡鸡？我赶紧把那孩子放到地上。

没想到，孩子一挨地，立即像渗入泥土的水滴一样不见了。正惊异间，我的脚下出现了一堆隆起的虚土。这虚土，先是像出洞的鼠兔那样抬头看了我一眼，随即伏于地面，化作一道暗光，沿着此前那红蓝线条运动的轨迹倏然而去。

这孩子，找他的爸爸妈妈去了！我既高兴，又难过。

一个意念说：他要变成树。

那孩子早就想变成树，他的小鸡鸡就是他新发的芽儿。看起来，他跟他的父母蓄谋已久，他们决心变成树，只等着我的出现，单等着我的咒语。

我念起了咒语。

伴随着我的咒语声，地面隆起的虚土上冒出了无数绿芽。这些绿芽，以极快的速度生长。一开始是一根一根绿芽，接着是一丛一丛小树，眨眼间变成大片大片森林。森林像绿色的波涛向上涌起，长到了天上。天上地下到处都是蔓延的绿色，遮天蔽日，无边无际。

他们以这样的方式复活了！他们果真是收信人！

我大声地念诵咒语，一遍，一遍，越念越快，声音也越来越高。哎呀，我已经停不下来了。

替身

有一个人，隐约觉得那是个女人。后来看清楚了，果然是个女人，中年，圆脸，白皙，微胖。这是在一个广场上，这里聚集着黑压压的人群。那个女人站在桌子上，叉着腰，伸着一只胳膊，在人们头顶上方大幅度地比画着，滔滔不绝地演讲。这场景，我太熟悉了，我甚至能猜到她接下来会干些什么、说些什么。我眼睁睁地看着她，我的嘴巴突然独立自主地冒出一句话来："我替她活了一生。我活得浑然不觉。"

那女人用紧张的眼神恶狠狠地瞥了我一眼，随即从她的身体里分离出另外一个女人——这是她的替身，跟她长得一模一样，却只是一个影子——在我面前活动着。转瞬间，我的眼前出现了与此前完全不同的时空、人物和场景。啊，那个女人太厉害了，她竟然能够制造虚拟现实！更奇怪的是，那个女人的影子——她的替身——所带来的空间、场景和众多人物，竟然都是我所熟悉的。我顿时像一粒飘飞的尘埃，在真实时空与那个女人带来的虚拟时空之间穿梭。一时间，眼前显现出数不清的、五彩缤纷的影像，它们交叉、叠加、闪回、混杂，就像大量不同质的溶液搅混在一起那样。 到了后来，我与那个女人和她的影子叠加混杂在一起，彼此之间已无分别。 这虽然令人烦恼，却有一个好处：我洞悉那个女人和她替身的一切秘密，就像我知晓自己的全部信息一样。

由于我已经预知那个女人和她的替身接下来会做什么，我就带着一种优越感，以卖弄的语气对人讲述着即将发生的一切，就像一个看过某部电影的观众对正在观看这部影片的观众所做的那样。 果然，伴随着我的讲述，与那个女人有关的场景、故事情节，包括一言一语、每个动作、每个细节，都准确无误地一一呈现。 那一个个画面，仿佛是在为我的讲述插图配画。

就在我眉飞色舞、滔滔不绝地讲述着的时候，那个女人的真身突然捂着脸哭了起来。

她为什么要哭呢？ 是因为我提前透露了她人生的剧情，使她的生活失去了应有的悬念和神秘感，还是因为我刚才进入了她的时空，与她混在一起，剽窃、顶替了她的人生？ 不对，既然我们已经混合在一起，那么，也可以说是她剽窃、顶替了我的人生！ 哎呀，到了现在，我已经弄不清哪个是我、哪个是她、哪个是她的替身。 其实，所谓替身，也可能是替身的替身。 我的天啊，怎么弄成了这个样子！ 回想起来，都是因为那个女人带来了另外一个时空，造成了人间的混乱。

我竟然成了一个身份不明的人！

我决心与那女人做个了断，还我独立的身份，却又不知道该怎么办，只好像一个无助的孩子那样跟她一起抱头痛哭。 刚哭出声，我突然停下来：哎呀，这是没有意义的——此刻，说不定是我的替身或者是她的替身在哭，甚至可能是“哭”在哭。

可是，眼前的她，依然在哭。

是她自己在哭，还是她在替我哭？ 这个女人啊！

偷渡

兵荒马乱，到处都是逃难者的身影。

有一群人，一个个低着头，自左至右从我面前匆匆经过。人群中有我的母亲，她手里拉着个小女孩儿，女孩儿有五六岁，穿着一件花红棉袄。这些人都是偷渡者，我的任务是把他们带出检查站。

碾盘前站着一排盘查人员，碾盘是他们的仪器，可以扫描出过往行人的思维，从而轻而易举地查出其真实身份。本来，我已通过眼睛把这些偷渡者变成影像装在脑子里，打算以这样的方式躲避盘查，看到眼前这个仪器，我立即改变了主意，决定把这些偷渡者变成诗歌。动了这个念头之后，这些偷渡者就变成了一排竖立的葱段被摆放在碾盘上。他们的个人信息以诗歌的形式印在一层一层葱皮上，葱皮层层包裹起来形成葱段，这是诗歌的装订形式，也是偷渡者的伪装方式。

有十件违禁品将从这里通过，这是盘查人员已经获悉的情报，至于违禁品是什么，他们一无所知。本来，偷渡者已经成功地变成葱段，是可以躲过盘查的，但问题是，碾盘上葱段的数目恰好是十，这就麻烦了。

盘查人员已经知道眼前这十件东西有问题，其中一个穿绿色制服的小伙子弯起右手小拇指吹起口哨，其他盘查人员正俯下身子全神贯注地翻看那些葱段。 我站在碾盘里侧，紧挨着盘查人员，大声地朗诵诗歌，一是为了分散盘查人员的注意力，二是为了提醒葱段们，只要不变回人形，碾盘是读不出他们个人信息的，也就找不到抓捕他们的理由。

碾盘在我的朗诵声中缓缓转动，悄无声息。 那些葱段只要转过九十度，越过警戒线，就万事大吉了。 我大声地朗诵着，一首接一首。 那几个盘查人员瞪着眼听我朗诵，忘记了盘查；当然，也可能是他们喜欢诗歌，知道我是诗人，就故意放了一马。 当我朗诵到“妈妈，我是虫鹭儿，我只吃草籽”的时候，那些葱段已经越过警戒线，转到了那一侧。

到了那边，葱段们立即变回人形。

我是不能越过这个碾盘的，如果被它扫描到，一切都败露了。 我只好站在碾盘边上目送他们。

起风了，那些偷渡者像一股尘烟在我眼前渐渐飘散，我哭着继续朗诵刚才朗诵过的那些诗歌。

小石潭记

半山腰上有一条小街。 沿着与小街垂直的那条石径走下去，就来到了一个四周都是石灰岩的小水潭边。 潭水清澈见底，粼粼波光里晃动着山石的倒影。

小石潭靠着大山的那一侧有一块黑色石壁，石壁上出现了一幅巴掌那么大的画。 这幅画由苔藓和石纹组成，从图案上看，像是一朵花。 一位画家和一位诗人出现在小石潭边，他们也在欣赏那幅画。 我知道，这幅画是眼前这位画家的作品，他把这幅画卖给了潭边的石头。 这幅画正在往石头里洇，试图成为石头的一部分，画中的线条在迅速改变自己的形状，以便与潭边石头上的石纹对接和重合。 这表明，石头在接收这幅画。 这正是这幅画的独特价值所在：能与它所处的环境融为一体。

啊，这幅画是活的！

我正在惊叹呢，一转身，看见石径边上的草丛里露出一段竹根。 这竹根是青色的，像蛇那样抬起头来深深地看了我一眼。 莫非，它是这位画家带来的另一幅作品？ 为了验证我的猜测，我抓住竹根朝向我的这一端，把它从地上薅起来。 它盘根错节，与一段小竹根紧紧相连。我身旁有一个小伙子，他是某大机关的宣传干事，他动手帮我把大竹根与小竹根分开。分开的一刹那，大竹根显得很悲伤，我已经猜出它的来历，也明白了两条竹根之间的关系，心里突然有些难过。

当我捏着那段大竹根时，发现它竟然是蛇头。这东西果然是蛇！我担心它会咬我，又担心它会盘起身体缠住我的胳膊，可它并没有咬我，也没有挣扎，而是把身体伸得直直的，顺从地让我捏着它。我知道它很不舒服，它是在忍着。

我紧紧地捏着蛇头不敢松开，担心一旦松手，它会咬我。

我把蛇放到小石潭里。

一到水里，这蛇立即变成一根竹竿在水面上漂着，被我捏过的地方，也就是蛇头那个部位，像绳头那样缩成一个结。这是怎么回事儿，难道是我把它捏死了？我用手碰了碰竹竿上的结，这东西在水里左右晃动，它依然是竹竿，只是颜色开始变灰。

这东西究竟是什么？是竹根、竹竿，还是蛇？我吃不准，因此也就无法认定它是不是一件艺术品。也许，我不应该把它从地上薅起来，我应该想到，它一旦脱离了生存环境，就什么也不是了。我懊悔起来。

为了进一步验证这东西是不是艺术品，我又一次试探性地把手伸向它。就在即将触碰到它的一刹那，我猛地缩回了手。万一它是蛇，突然咬我一口，那可怎么办？

小石潭的颜色变深了，像一只混浊的眼睛。我知道了，这小石潭其实是个艺术馆，它正在全神贯注地掂量和评估这件东西的价值。

经典

一面砖墙。它看上去似乎是某栋建筑的山墙，这墙太古老了，已经变成了土黄色。神奇的是，这墙似乎没有完全挨地，这种状态表明，它不是普通的墙而是一幅悬挂着的画。更神奇的是，它不是一幅画而是一部典籍，是经典，其中包含着无尽的信息和无穷的能量。

我对着它用力地看。我这样做，是在对这部经典进行复制。我用目光将它移动。移动的过程很慢很慢。我知道，所有的经典都是这样——它太有分量了；或者，它装作很有分量。那经典用意念对我说："复制只能进行一次，否则地面就会被压塌。"

经典的复制品以信息的方式存在，要读到其中的内容就必须把它转化到纸上。于是，我拿出一张白纸，在空中晃了一下——这是对复制的复制。依然是白纸，上面什么痕迹也没有，但我知道，这纸上已经有了那部经典的全部信息。

那张白纸突然有了自己的想法：飞。

我知道它想飞，就紧紧地攥住它。如果我的手稍微松一下，它就会像鸟一样飞走；如果它飞走了，就会在空中无穷无尽地复制下去，势必造成灾难性后果。

为了避免灾难发生，我必须带着这张纸离开此地。

为了避免被人发现，我就绕到房子背后。那个地方，我是从来不去的，也没人敢从那里经过，那个地方长满荒草杂树，经常闹鬼。我从那里经过的时候，脚不挨地，像被什么东西架着在空中飞，不知道是鬼魂作祟，还是我手里的纸片在起作用。我模仿卧佛的姿势，右手支在右脸下方，斜躺在空中，快速飞动。我这是故作轻松，我的心却在发抖，每一根汗毛都竖了起来。

拐过墙角，突然起风了。我看见我的姐姐和姐夫，我在空中跟他们招招手，算是打招呼。他们知道我手中的纸片很厉害，就以敬畏的眼神望着我。我对他们说："有啥事，可以给我打手机，我要到很远很远的地方去。"他们没有吱声，只是无比崇敬地仰望着我。

风更大了。

风有两股，一股是强风，向上，另一股是弱风，向下。两股风在我身体下方交错而过，我手中的纸片是想顺着弱风向下去，回到原地并变回它原先的状态；而我，却想乘着强风向上去。我和那纸片就这样在两股风之间，挣扎着，撕扯着。

垃圾雕塑

有一家报社搞一个大型系列报道，报道持续了一年，在这个过程中产生了许多垃圾。于是，这家报社就决定搞一个装置艺术，也就是将这些垃圾集中起来制作一个雕塑，以纪念这次活动。

按照设计，每个参与系列报道的人都要把自己产生的垃圾收集起来，作为制作雕塑的材料。其实，这个设计是自带编程的，一旦启动，那些垃圾根本不需要专门收集，它们会按照先后顺序形成一个链条，自动往一起集中并形成雕塑。

这件雕塑体积太大，大到看不到它的具体形状，感觉到它头小尾大，头部像象牙又像笋芽，白生生的，朝着一个方向延伸过去。形成雕塑的材料，就是从这个尖尖的头部开始排队并进行拼接的，那状态，就像是一列正在自动组接的火车。

在完成拼接之后，这雕塑，晃动几下，颤颤巍巍地站了起来。

起初，这雕塑显得生硬、粗糙，片片垃圾之间充满空隙，给人一种松散和不结实的感觉；渐渐地，它变得像饧着的面团那样，越来越软，越来越粘实；到了最后，它变成一个巨大的泪滴。这泪滴，有些浑浊，其中浮游着一团一团毛絮状的虫子。我知道，每条虫子都是一个人物，我还知道，这种浑浊感是由这个系列报道的性质和特征决定的，它充分表明：其中的人物和故事，具有某种不确定性，甚至不可避免地包含着一些模模糊糊、似是而非的东西。

一个意念说："这个泪滴，其实是一本书。"

那个意念还说："这是垃圾雕塑自己的想法。毕竟，它的前身是报纸，它最好的归宿应该是装订成册；而泪滴，正是它的装订形式。"

报道——垃圾——雕塑——泪滴（书本），看这事儿弄的，哎呀，到头来竟是浊泪一滴！

本来，我与垃圾雕塑没有任何关系，可是，偏偏是我看到了它形成的全过程。那垃圾雕塑当着我的面变成了一个泪滴，这就相当于一个女子当着我的面脱了裤子，我能脱得了干系吗？我突然紧张起来，一时手足无措，不知道是该找个容器把泪滴装起来呢，还是该挖个池塘将它蓄积起来。

想不出合适的办法，我只好围着它不停地走动，试图用我的身影把它包装起来——对了，既然是书本，就得有一个封面。

最终，我的身影，成了它的封面。

葫芦军队

原野上黑雾茫茫。这个地方叫熊野。

两支军队在此集结完毕。一支军队在远处，一支军队在近处。我首先注意到的是远处那支军队，黑压压一大片，就像是森林，一直铺排到云彩上。一个声音说：“他们是尧舜禹。”

身边有一个人，白脸，瘦高，他曾经是我的领导，此时他很夸张地眨巴着眼睛，问我：“尧舜禹是谁？哪个部门的？”我想笑，却不敢笑，忍不住放了一个屁。这个屁，像手榴弹爆炸那样发出巨响，把我吓了一大跳。怎么会这么响呢？我赶紧捂住屁股。本来，我是打算轻轻地、一丝一丝地放的，却没控制好，竟然放得这么响。我既紧张又羞愧。

更出乎意料的是，这个屁竟然惊动了我身边的军队。

我这才注意到，身边这支军队是兵马俑，每个战士除了身穿盔甲、佩带弓箭，腰间还别着一只葫芦，这大概就是著名的“葫芦军队”吧。此时，原先在地上僵硬地站立着的兵马俑，仿佛得到了指令，噼噼啪啪地响起来，脸上和身上的陶片开始迸溅。爆裂声从第一排第一个战士开始，就像报数一样，一个一个、一排一排依次响下去，就像是被点燃的鞭炮那样，速度极快。几乎就在一瞬间，兵马俑们活了过来；活过来的兵马俑在地上蹦跳着，齐声高呼："我饿！我饿！我饿！"

这是动员令还是口令？看样子，冲锋就要开始了。

突然，队列大乱，这支原本井然有序的军队，此时却像被惊扰的蜂群那样骚动起来。

这是怎么回事？

天啊，葫芦在吃人！

那些别在兵马俑腰间的葫芦，突然扭过身来，开始吃各自的主人。这个过程太快，没等我反应过来，原先那支军队就消失了，地上到处都是葫芦，有的葫芦噙着人头，有的葫芦噙着人腿。

转眼间，葫芦们已排成一个阵列。随即，葫芦阵列脚下的土路开始崩塌，葫芦们像气垫船那样朝着远处那支军队奋力冲去。原来，所谓"吃人"，其实是"葫芦军队"的一种特殊祭祀仪式。祭祀之后，这支部队就完成了整体变形和能量转换，也就可以正式投入战斗了。

这一点是谁也不曾预料的。

战争，就这样开始了。

大地深处的墙壁

我站在两块大地之间的分界线上。左边的大地，山川草木清晰可见，宛如一幅巨型油画。从表情上看，左边的大地，明亮、开朗、友善，给人一种安全感；而右边的大地则幽暗而模糊，重重雾霾中隐藏着凶险。

一个声音说："那边，你绝对不能过去。"

这是不可抗拒的命令。

问题是，"那边"究竟是哪边——是左边，还是右边？无从判断。从表面上看，右边充满危险，是不能过去的，但真实情况又是怎样的呢？谁能保证我看到的不是假象？如果我仅凭自己的判断，走错了方向，那可就惨了。想到这里，我只好站在原地不动。

此刻，我就站在一条看不见却又分明存在的分界线上。在这条线上，一不小心摔倒了，或是无意中晃动一下身子，就有可能滑到某一边去；更危险的是，两边的大地在暗中较劲，左边的大地想深入右边的大地之中去占领它，右边的大地也有渗透到左边去的巨大冲动。那么，不论是哪种情况发生，对于我来说都是灾难，我必须设法避免上述情况的发生。

呃，有了：我可以在这两块大地之间，也就是在我所站立的这条分界线的深处，弄出一道屏障来。在我的想象中，它应该是一堵由密度极高的物质构成的墙壁，它必须深入地层，甚至穿透地球。

这样的地下墙壁怎样才能建成呢？这是一项难度极高的工程。

一个声音从虚空中传来：“相对于深度，宽度已经毫无意义。”

啊，这是有人在向我提示该工程的基本原理：用一种巨大的力量对分界线某一边的广袤土地进行挤压，使它的宽度变成深度，从而形成一堵穿透地球的墙壁。

我从怀里掏出一颗一颗像手雷那么大的微型原子弹，朝右边那片大地摔下去。我这样做，有很大的赌博成分，我赌右侧是可以挤压的，因为从表面上看，它更像是地狱。随着声声轰响，一朵朵蘑菇状烟云冲天而起。右侧大地被巨大的能量挤压，以极快的速度往我所站立的地方凝聚，到了我的脚下之后，那被挤压的大地，变得像一块巨大的银白色铁片，向着大地深处扎了下去。

我现在操心的是，要掌握好分寸，既要让那银白色的墙体深入地球，又不至于把地球彻底切开。如果把地球切开了，那就是一个事故，可就惹下大乱子了。

我怎么承包了这么个工程！

我一边不停地朝右侧扔着原子弹，一边紧张地看着不断下沉的地下墙壁，忙得连额头上的汗珠都顾不上擦……

危险的大餐

有人请客。

我被一个小伙子引导着沿着山路往前走。我们来到一个山坳里，准确地说，是走进了一个小碗似的袖珍盆地之中。引路的那个人通过意念对我说：“到了。”

我站在一个小山包上，盆地四周钢蓝色山影发出幽微的光芒，给人一种既远又近、忽远忽近的幻觉。这里没有树，也没有草，到处都是灰色的石头。放眼望去，脚下的山石间分布着一个个荷叶状的池塘。这些池塘，是一只一只碟子；盆地中间有一条河，弯弯曲曲，发出细细的亮光，是面条。

引路的小伙子带我来到一块长方形空地上。这是我的座位。

我刚在座位上坐下来，眼前就出现了一只飞虫。这飞虫看上去像是螳螂、蚂蚱和龙虾的合体，有两尺来长，长着透明的翅膀，有长长的爪子和触须。它围绕着我上上下下地飞，时而悬停在我面前。这，莫不是为我上的一道菜？这只飞虫离我很近，几乎触碰到我的手指，但随即闪开了。由于飞得慌张，它落在地上，打了个趔趄。 它一边晃荡着一边用乌黑明亮的复眼盯着我，眼里充满挑衅的意味。 我知道它的意思：你能吃到我吗？ 看起来，这是一道名菜。 因为它是名菜，就有点瞧不起我。 周围有好多熟人，这飞虫的态度让我大窘。

高台上站着一个人，高个子，大背头，气宇轩昂，今天是他请客。 那个引我来到这里的小伙子是此人的秘书，此刻正恭敬地站在他身后。 东道主目视前方，以平稳而有力的声调说："它，应该向你道歉。"他的意思是，那只飞虫应该向我道歉。我知道，他这样说，是客气，也是在考验我。 飞虫是他的宠物，正因为如此，那虫子才敢如此傲慢。 于是，我故作轻松地对他说："没啥，它是跟我开玩笑呢。"

那人很深地看了我一眼，嘴唇微微动了动，似笑非笑，然后挥手朝着四周画了个圈儿，说："这个世界嘛，来来来，啊？"他的意思是，这个世界就是餐桌，大家可以放开吃。 我沿着他手掌的轨迹四下观看，发现山坳里有三个呈品字形分布的古堡。这是新上的三个笼屉，也就是三道菜。 但这三道菜是不能随便吃的，只有找到排序第一的笼屉，并且弄清楚所有笼屉的正确排序，才可以打开它并吃上这些菜。 但问题是，眼前的古堡——笼屉——没有任何标号，如果弄错了顺序，走进去的那个人不仅不能吃到菜，而且还会变成这笼屉里的一块肉。 原来，这是一个陷阱。

天啊，怎么摊上这样的事情！

我悄悄地蹲下身，想躲到某块大石头背后藏起来，然后瞅准时机逃出去。 可是，眼前是一个一个圆圈，我置身于其中一个圆圈里，这些圆圈层层套叠、环环相扣，看样子，我是走不出去了。

无镇魔法

我在接受培训。课余，我与几个同学到学校附近一个叫作“无镇”的镇子上游玩。无镇在一条河谷里，与我参加培训的那所学校有一段距离，我们走了很远的路才到达那里。

在无镇，我经历了很多事情，如果把这些经历记录下来，将会是一部很好看的电视连续剧，只可惜，就在我即将离开这个镇子的时候，在一个街角，心里“刺啦”一声，此前在这里所看到的场景和人物，像蒸汽那样丝丝缕缕地飘走了。也就是说，我的大脑被消磁，关于无镇的所见所闻全都忘记了。

也不是全都忘记了，隐约还保存了一星半点与无镇关系不大的记忆。譬如，我记得那镇子的街道上铺着青石板，我就是在踩到镇子边上最后一块石板的时候才突然被消磁的。当时，我悚然一惊，深有所感，知道自己踩到了一个机关——这是一个消除记忆的机关，谁踩到它谁就会在大脑里删除对这里的记忆。这是无镇特有的安保措施，它不允许到过这里的人留下关于它的任何记忆；更诡异的是，不论是谁，要想走出这个镇子，就必然会踩到那块石板。这正是此地被称作“无镇”的原因——它以此种魔法使这里成为虚无之地。

走出无镇，已是掌灯时分。眼前是一个陡坡，只要走到坡顶，我就能辨认出我所在的方位，也就能走回学校。

脚下是一条窄窄的壕沟，像是被洪水冲出来的，这里曾经是一条瀑布吧。我沿着壕沟向上去，当我爬到坡顶的时候，突然一头栽进了无边的黑暗里。我就像是掉进了墨水瓶里，不知上下，不辨左右。我大惊，赶紧掏出手机，想用手机的光亮照一照脚下的路，可是，手机没电了！这就意味着，我不仅找不到来路，甚至连求救电话也打不出去。

我完全被无镇所控制，是无论如何也走不出去了。天啊，这可怎么办！

眼下唯一的办法是找个地方为手机充电。

我一边想着办法，一边蹲在地上摸索。所幸，我摸到了脚下的路，也就是那条壕沟。在某个瞬间，我竟然看到远处——山坡下头——隐约闪烁着一片像萤火一样微弱的光亮。

那是无镇，还是学校？

眼前依然是一片漆黑，看不见脚下的路，也看不见路边的任何东西。我只能像坐滑梯那样，身体斜躺着，双腿、双脚和双臂用力地向外撑着，一点一点地向下滑动。

我可以感觉到这条壕沟巨大的坡度，可以听到沟两边土石滑落滚动的声响。我知道，壕沟两岸的土石在我双脚和身体的重力作用下正在垮塌，却不知道这陡坡有多长，不知道沿着这个陡坡能否走出眼前的险境，我只是盲目地滑着……

突然，脚下一空！

啊——啊啊——！

那是无底的深渊啊！

人头灯拐跑了我的思想

山下是万丈深渊。我所在的山顶，只有一张桌子那么大，它是一块浑圆的土黄色石头。我头朝下趴在山顶上，半截身子悬空，眼看就要掉下山去。

有一些人头，在离我身体很近的地方飘浮着，我紧张地四下张望，但见这些头颅像长明灯，高高低低，一上一下，闪闪发光。这些头颅都长着长长的头发，长发一律向上飘起。这就是传说中的人头灯。

莫非这些人头灯是来救我的？

可是……可是……这些人头灯能经得起我的体重吗？如果我趴上去，它们经受不住，那我不就……哦，说不定这是人头灯设下的圈套，等我往上趴的时候，它们突然闪开了，我可怎么办？

我伸出一只手，抚摸着离我最近的那盏人头灯，朝下按了按，感觉就像是按着水中的葫芦，有一定的浮力，但不能确定它是否经得住我的体重。

就在我犹豫不决的时候，四周的人头灯忽然连接成一只网状飞碟。这飞碟由人头灯的长发编织而成，边缘向上翘起，状如鸟巢。这飞碟准是觉察出了我的疑虑，于是向我传递一个意念：“思想的力量，是飞翔的翅膀。”

这是在劝导我吗？它是在说，人头灯代表着思想？（呃，这是一种隐喻。人头灯——鸟巢状飞碟——多么像人的脑壳，人的思想不是装在脑壳里的吗？那么，人头灯也就可能代表思想，至少，它可以成为思想的容器。）它是在说，思想是可以飞翔的，并可以为飞翔提供动力？（这是否在暗示，具有思想和飞翔能力的人头灯是有力量的，它足以承载一个人的体重？）哎呀，这只是我的猜测，对于那个意念所表达的内涵，我还是吃不准。既然如此，那么……那么……呃，有了，把我的手机——我全部的思想都存储其中——扔过去，让它去打探人头灯们的虚实，然后我再做出判断。

动了这个念头，我的手机就自动进入那个由众多人头灯构建的飞碟之中了；当然，也可能是飞碟把我的手机一把抓了去。就在那一瞬间，所有的人头灯都灭了，飞碟也不知去向。我上当了！天啊，人头灯是一个盗窃团伙，它们并不是要拐跑我的身体，而是要拐跑我的思想！

“我的思想！我的思想！”我四肢悬空，拼命地吆喝起来。

被坐实的伪证

我在为某人帮忙，也就是把他受贿的罪证转移到我的身上。为此，我编造了一连串行贿人员名单，列出了一张我的个人受贿清单。在这张受贿清单上，有一笔编造的受贿款，一开始写的是137万元，后来我换了一种红颜色的笔在那个数字后面加了一个0，就变成了1370万元。

办案的人正在赶来，我必须逃跑。

在一条柏油路上，我看见一双深靿胶鞋，胶鞋里面盛满墨水，在来回走动。我知道，它是办案人员伪装的，里头的墨水是由卷宗中的文字变化而来的，如果能够找到一些纸张，墨水就可以立即还原成卷宗。走动的胶鞋，在寻找纸张。

我躲过那双胶鞋，漫无目的地跑着。匆忙间，我看见一个既像房子又像地下室的空间，就闪身躲了进去。从这里往外看，看见一些人影在晃动，我担心被人发现，心里惶惶的。我飞快地撕碎了那张行贿人员名单，把纸屑装到我的裤子兜里，把那份受贿清单顺手塞进靠墙根的一堆书报中间。干完这些，我就回家了。

母亲趴在我家的窗户上，瞪大眼睛焦急地望着我。她知道有人在抓我，并且知道我是冤枉的。她朝我比画着，她的意思是：你赶紧把那些伪证拿出来，证明自己是清白的！

我的那些所谓罪证，漏洞百出，虚假的性质显而易见，任何人看了都会觉得它是假的。可是，要是不能出示那些伪证，我就会被定罪判刑，因为这个世界上几乎所有的人都知道我受贿了——这个消息已经传得沸沸扬扬。虽说被我写入行贿人员名单的那些人，都可以站出来指证这个名单是伪造的，从而证明我是无辜的，但目前的情况是：那个名单已经被我销毁，连纸屑也找不到了；更要命的是，我已经完全忘记那些人的名字。眼下唯一的办法是，找回那个伪造的受贿清单。

我开车到那个藏匿清单的地方，那座房子的一堵墙被扒掉了，被扒掉的恰好是我藏匿清单的那堵墙！扒房子的是我表哥。哦，想起来了，我就是为他做伪证的。我问他："扒房子的时候，有没有见到一张写着字的纸片？"他一脸茫然，回答说："没有。"他还说，墙根放着的那一堆烂纸是被人用铲车拉走的，那些东西与砖头、土块混到一起，他需要找一找，看能不能找到。他说着，诡秘地笑了笑。

我寻找受贿清单的动静搞得太大，加上有人在暗中大力传播这个消息，吸引了越来越多的人来到现场，于是一个私密的行动竟然被弄成了一个公共事件。从当时的气氛看，办案人员就混在这些看客中间。这样一来，他就会认为我做贼心虚，从而认定我是有罪的。

伪证丢失了，我无法拿它来证伪，那么，我就极有可能被定罪。事情怎么会弄到这个地步！

妹妹出现在我面前，她跺着脚吆喝着，很焦急，也很生气。

我安慰她说：“如果能够找到那张纸片儿，证明那个红色的‘0’是后来加上去的，即使不能证明我无罪，至少在量刑的时候会轻一点儿，唉，轻一点儿。”

验证

我醒了。也许是被尿憋醒的。我穿着裤头，站在小区的院子里望天。大概是后半夜，乌蓝的天上星光灿烂。我一边望着天上的星星，一边想一些事情。有人说着话朝我走来，我觉得应该回去了，就背靠我家的住宅楼，一个鹞子翻身，翻到了家里。

不对，这是别人的家！

我怎么进到别人家里来了？仔细一瞧，是弄错了楼层，这是二楼，而我的家在三楼。我进入的是一个同事的家，他从前是某个印务中心的工人，如今跟着一位大领导当秘书。他的家十分整洁，有床，有桌椅之类的家具，特别是有好多部电话机，红黄蓝白黑依次排列，极干净、极有秩序，感觉就像是某位首长的宿舍。

问题是，他不在家，家里又没其他人！

我紧张起来：他家没人，谁能证明我是无意间进到他家里来的？

我想悄悄溜出去，开门的时候，发现门上插着一把钥匙。

那把钥匙是假的，它其实是一个伪装成钥匙的监控装置。我是从后窗翻进来的，门上这个装置自然就拍摄不到我进到这个房间的过程，也拍摄不到我在房间里的情形，而我走出这个家门的时候，却会被它拍摄下来。这样一来，我更是说不清了。

在电梯间，我遇见一个女同事，她是个编辑，我对她说：“我进错门了，我没有偷他家的东西，你看，我两手空空。你能不能替我证明一下？”她满脸狐疑，说：“那我通知他，让他回来看看。”

那位秘书先生已经知道自己家里发生的事情——因为门口的监控装置连接着他的手机——但他一直没有露面。我遥视到他的脸，知道他很生气，他正在报案，并在想着惩罚我的办法。我急着与他沟通，却见不到他。我知道，他是故意不与我见面。

感觉全世界的人都已知道了这件事情，好多人来到我家宿舍楼前，有的窃窃私语，有的抻着脖子围观。局面完全失控，很多人沿着楼梯进到了那个人家里。楼梯挤不下，一些人就像壁虎那样贴着墙壁往那个人家里爬。

那么多人进去，他家不都全乱了吗？要是有人乘机偷了他家的东西，我怎么说得清？

我站在院子里，望着眼前的纷乱场面，既茫然又无奈。

一个漂亮的女同事微笑着来到我面前，一把抓住我的手，她的手心紧紧地贴在我的手心上。我明白她的意思：“我支持你！”她还用眼神告诉我：“实在不行，我去组织游行，我把口号都想好了。”我用眼神回答她：“验证，想办法验证！”

就在我俩通过眼神进行交流的时候，我的一位从前的部下朝我蹭过来。他想跟我说话，又害怕被人发现，就冲我挤了挤眼。他本来是个胖子，此时却瘦了一圈，面色乌黑，鼻子像一个戳在脸上的胡萝卜，明显有些歪。我知道，这是他内心过于紧张造成的。

周围的空气越来越紧张。我在等待这家人的出现，却迟迟等不到；而他家的墙上，早已爬满了看笑话的人。我突然看见，这家的男主人，也就是那位秘书先生，正在大步走着，他的腋下夹着一个铁笼子，里头装满了惩罚我的方案。

长木耳的手机

屋里闹哄哄的，我躺在一张像舞台那么大的床上，静静地望着窗外。外面下雨了，我掏出手机看天气预报。手机屏幕上出现了一串红色的字：这雨，是来巡视人间的，你要保守秘密。

从门口进来两个人，一个是我的老同学阿平，另一个是高个子男人，他看上去有五十多岁，可能是阿平的朋友吧。我起身与他们握手。阿平的脸像揉皱的卫生纸，堆满了谦虚的笑容。从未见过他如此低调和谦逊，这大概是因为我们许久未曾见面，彼此有些生分了。当然，这个表情也许另有深意，是他的一种伪装。我猜想：他们的出现，应该与那条天气预报有关——他们的头发是湿的。

我请他们坐到我的床上。阿平摸了摸床铺，然后匆匆忙忙地去找厕所，从他的表情看，他是在侦察地形。他们果然是别有用心，我不好意思指出来，就开始留心他们接下来会干什么。

那个陌生男人与我并排而卧，顺手拿起我的手机与他的手机摞在一起，说是要充电。从未见过这样为手机充电的，这里头一定大有文章。我瞥了一眼我的手机，果然出问题了——我手机的下部生出了两朵木耳！ 这不是一般的木耳，它像灵芝那样坚硬，是人的耳朵的形状，带着一道一道黄蓝相间的花纹，泛着神秘的光。 这两朵木耳，一大一小，大的像拳头，小的像五分钱硬币，两朵木耳之间有一根连线。 这木耳肯定是某种侦察装置，它在窃取我手机里的信息。 我很紧张，却不知道该怎么办。

阿平回到屋里，笑着对我说："我肚子疼。 厕所太脏。"我不知道他是否已经解决了问题，就急忙起身替他找厕所。 让客人找不到合适的地方方便，是一件很丢人很失礼的事情。 于是，我带着阿平来到院子里，指着北面的一座平房说："那里也可以解决问题。"他笑了笑，说："我去过了，那是一条水沟。"

等我回到房间里的时候，看到那人的手机还在原先的位置上，而我的手机却不见了。 我抖开被子仔细寻找，还是没找到。

一转身，那人和阿平也不见了。

我站在那里念叨着："木耳！ 木耳！"似乎只要我一直这样念下去，我的手机就会听到；它听到之后，就会回来的。

盗梦

我骑在木梁上往下看。 这是一个幽暗的空间，空间里出现了一种虚拟的纸张。 这种纸比世界上最薄的纸还要薄，是透明的，接近于虚无，上面记录着我的梦。

确信这纸上记录着我的梦，是因为这纸是蓝色的——人间所有的梦都是蓝色的。 出现在这空间里的纸，不是一张而是一沓，它像被飓风吹动的书页那样快速翻动。 这些纸张包含着不同的蓝色——蔚蓝、湖蓝、天蓝、湛蓝、灰蓝、深蓝等。 不同的蓝色，层层叠叠，交替闪现，像点燃的爆竹那样闪耀着朵朵蓝光。 这是梦在其中运动的缘故。 梦，是一种电波，它发出色彩并产生能量。

原来，这种虚拟的纸张是梦的容器。

从我所处的位置，能看见空间里的每一个角落。 这里聚集着很多人，他们的面目都很模糊，甚至是隐匿的。 这是故意的。 他们都是带着特殊目的而来，所以不敢以真面目示人。 我虽然看不清这些人的脸，却能看清他们的一举一动，哪怕是最微小的举动。 我发现，在场的每个人都带着一台笔记本电脑。 我知道，他们都想下载我的梦，这正是他们到这里来的真正目的。我念叨着一串数字，这是密码，我要用密码在空中编织一个网，以保护我的梦。

一个中年女人出现在现场。我认识她，所以她不得不在我眼前现形。她的眼睛里发出一种遮掩不住的阴毒的光，这目光像激光束那样投向承载着我的梦的纸张。我盯着她，看她要干什么。她两手空空，没带电脑，我觉得她不过是来凑凑热闹而已；没想到，她的眼珠竟然可以像蟾蜍的舌头那样猛然弹出，又闪电般缩回。随着她眼珠的伸伸缩缩，承载着我的梦的蓝色纸张上出现了一个一个孔洞，一些汉字从那孔洞里滴滴答答往外流。

她在偷我的梦！

我大叫，却发不出声音。

那女人的眼珠，一刻不停地在空中飞旋。看起来，她的眼睛不仅偷我的梦，而且有更危险的想法。我的心脏扑通扑通地跳个不停。

鼻毛飞扬

我的鼻孔里长满鼻毛，鼻毛突出于鼻孔之外，摸上去就像是猪鬃，又有点像棉绒。我可以看见我的鼻毛，它是黑色的，随着呼吸在风中翕动。

长着这么长的鼻毛，多么令人难堪！我一边用手捻着鼻毛，一边在街上走着，遇到人的时候，我会装作咳嗽，用手捂一下鼻子。

这怎么行呢？得想个办法。

有了，我可以把鼻毛编成两条辫子，这样一来，过长的鼻毛不仅不是毛病，反而成了我独特的个人标记。这是一种行为艺术，它使我看上去更像艺术家。

在一个无人的窗口，我悄悄地搓着鼻毛，一边搓一边把鼻毛往外拽。我的鼻毛越拽越长，一开始还有点疼，后来就不疼了，而且拽得越来越快、越来越顺畅。再往后，鼻毛自己往外流，就像打开的水龙头里的水那样。流着，流着，我的眉毛越过眼睛向下运动，我的胡须则翻过嘴唇向上运动；到了后来，我的头发也情不自禁地顺着头皮向下滑行。天啊，我全身的毛发都被动员起来了，它们决心变成鼻毛，加入这场行为艺术之中！

大风吹来，我的鼻毛漫天飞扬。我的身体就像是飓风中的一棵柳树，已经有点支撑不住了。我摸摸脑袋，它皱巴巴的，像一粒枣核。我那可怜的小脑袋，宛若两绺鼻毛之间打的一个结，被鼻毛左拉右扯，晃荡不停，是那样的无助和无奈。

这鼻毛，疯啦！它获得了独立意志，显得野心勃勃，我已经控制不了它，任何力量都制约不了它！

鼻毛看透了我的心思，它似乎得到了某种鼓励和纵容，变得更加自信，像舞动的丝绸，像扶摇的烟雾，肆无忌惮地向着四面八方漫天飘舞。到了最后，我被这鼻毛拽起来，像风筝那样在空中飞着。不知道将会飞往何处，又会落在哪里，我像一只受惊的鸟儿，一声，一声，尖叫着，尖叫着……

菜籽女儿

在一间茶室里，一群人在聚会，有男有女，这是一个文学沙龙。人们说说笑笑，显得很不正经，一张张脸都是歪的。其中有一位女诗人，大家都知道她的生活作风不好，就放肆地跟她开玩笑。

那位女诗人带着自己的女儿来参加活动。她的女儿看上去有四五岁，粉白粉白的，像个洋娃娃，她奔跑着，像一只飞舞的蝴蝶。一个高个子中年男人突然冲上去，双手把那个女孩儿举起来，说了一连串猥亵的言语。

现场霎时安静下来，大家怔怔地看着那个小女孩儿。

女诗人扑上去，用一张床单将女儿盖住。就像变戏法那样，那床单平平地铺在地上，那个小女孩儿却不见了。

人们像救火那样拥上去，用手掌在床单上拍打，不停地拍打，那场面就像是一场集体舞蹈。我知道，这是一种古老的祭祀方式。

在床单上拍打了好一阵，一个人突然大叫："找到了，找到了！"他从床单上抠出一个东西，感觉是从床单的背面抠出来的。原来，他抠出了一粒菜籽。

那人把菜籽放到自己的手掌上，突然，菜籽变成了刚才那个小女孩儿。她在那人的手掌上做了一个飞旋的动作，然后跳到地上，微笑着望着人们。

原来，她就是菜籽女儿!

我想跟她说点啥，却不知道说啥才好。

小女孩儿扑到她妈妈怀里，瞬间变回一粒菜籽那么大，却依然是人的形状，有鼻子有眼。她飞快地沿着她妈妈的胸脯、脖颈钻进妈妈的卷发里。就在我们大声喝彩的时候，她已经出现在她妈妈高高翘起的发梢上，在上头悠荡着，就像一个孩子坐在树枝上那样；而她的妈妈，此时变成了一棵柳树。

聚会的人倏然消失，四周空空荡荡。菜籽女儿的声音在空中响起来：“你们的世界啊，如果云彩也是干的，就只能菜花盛开。”

我一遍一遍地背诵着菜籽女儿的话，就像是在背诵某位经典诗人的诗句。

特唧唧

一粒石子，它有大拇指那么大，在一个竹筒里剧烈地跳着，左跳，右跳，上跳，下跳。随着石子的跳动，竹筒发出有节奏的声响：“特唧唧，特唧唧，特唧，特唧，特唧唧。”这声音，也可能是从石子的口中发出的。

我趴在竹筒口上往里看，我知道这石子与竹筒杠上了，它是在用这种方式表达自己的不满。这是石子的反抗方式。

竹筒渐渐显出古铜色，四周弥漫着铜臭，显然，它是生气了。这竹筒是有来头的，它之所以努力地克制着没有发作，是为了显示自己的教养。

根据当时的情况，我必须选边站。

我决定站在石子这一边，因为我喜欢那响声。于是，我围绕竹筒吆喝起来：“特唧唧，特唧唧，特唧，特唧，特唧唧……”我一边吆喝一边奔跑，越跑越快，越跑越快；而竹筒里的声音，也随着我的脚步声越来越响，越来越响。

垂直行走

我被要求到远方去。那个指令规定，我只能原地行走，也就是原地踏步。

原地踏步，怎能算是行走？这样“走”下去，怎么可能到达远方？

面前出现了一根竖立的木杆。我明白了：我的路，其实就是一根木杆，它同时用来丈量我所行走的距离。我尝试着在原地踏步，果然，伴随着我踏步的节奏，那木杆开始有节奏地上升、上升——这就是垂直行走。

许多人在围观。我兴奋起来，高高抬起一只脚，然后重重地落下，抬起另一只脚，又重重地落下。我的脚步越来越快，越来越有力，于是那木杆也就升得越来越快，越来越高。

想回头看看走了多远，我发现自己已经坐在木杆的顶端，四周是缥缈的云朵。我已经走得太远，也就是升得太高，再也回不去了。我惊叫起来。

也许是我的叫声发挥了作用，那木杆突然折倒，木杆顶端向着大地弯折下来。我恍然大悟：所谓远方，其实就是大地深处。

我拼命地踏步，踏步，不停地踏步。

蛋国旅行记

突然想起一位老朋友，我们很多年不曾见面，也没有联系过，不知道他近况如何，我给他打了个电话，想问候问候他。电话通了，那个朋友说：“你来吧。”

我在电话里问他：“你在哪里，郑州，还是外地？”

电话那端犹豫了一下，说：“来了你就知道了。”

往他家去的时候，远远地看见——其实是感觉到——前面有一座山。走着走着，我的面前出现了一堵石墙，正想着怎么绕过去，突然起风了。风中弥漫着树叶和树的果实、花粉之类的东西，这风是黄绿色的，风中的花粉有拳头那么大。风大得出奇，就像一股洪流在冲击着我。眼看我就要被风吹到石墙的左边，我用尽全力推着墙，身体一点一点朝墙的右侧挪动。总算挪到了墙的右侧，忽地一下，我就到了他家。原来，那堵石墙其实是他家的门禁，这是一种超级现代化的高科技安保设备。

这里不是他原来的家，这是一栋很大的别墅，从空间和造型上看，它有点像运动场。我的那位朋友坐在沙发上，朝我亲切地微笑着。他还是原来的样子，只是脑袋明显地变小了，整个人看上去就像是一头食蚁兽。我知道，这是他退休的缘故——退休的人，脑袋都是会变小的。

他的表情里，依然带着居高临下的矜持。他就是这个样子，他是高级领导干部，是一个严肃而严谨的人。我俩说着话，其实都是在重复从前说过的那些话，他还问到我的写作情况。正说得高兴，他突然叹了一口气。他叹气的声音就像是皮球在泄气，低沉、压抑、丝丝缕缕。我抬头看他，他的脸上布满了蛛网似的灰暗的皱纹，看上去就像是戴着一副橘子皮制作的面具。

院子里传来脚步声和话语声。原来，这里住着好多人，有他的家人，还有一些陌生人。这些人的身影若明若暗、若隐若现，时而是人，时而是影子。我认出其中一位，我记得他犯了受贿罪，已经投案自首，正在看守所里交代问题呢，怎么会出现在这里？正疑惑呢，看见院子里的每个人手里都拿着一枚鸵鸟蛋。原来，这里正在举办一场绘画比赛。我朋友手里拿的那枚鸵鸟蛋，比其他人的大了许多，却不完整，看上去很像碎碟，上面的图案，生硬、幼稚、缺乏美感。这是他画的。这些年，他就是以画“蛋画”来打发时光的。

那位朋友的话明显少了，他专心致志地摸着手里的鸵鸟蛋，像是在构思，又像是在冥想。一看表，将近中午十二点，我起身告辞。朋友起身相送，走到门口的时候，他被脚下的一口皮箱绊了个趔趄。这是一口棕色皮箱，一边是直的，一边呈弧形，质地精良，一看就知道它来历不凡且价格不菲。从他被绊的情况看，这箱子很重。

这时候，他老婆出现了，对我说：“本来，应该是他来背的；如果是他背就没事儿了，他却让秘书背。这不，不是出事了吗？ 这成了证据。”他在一旁恶狠狠地白了老婆一眼，大声说：“我是领导干部，亲自背着箱子出门，成何体统？”他的语调是低沉的，充满了无奈。

我这才知道，他出事了。 他已经出逃，这是在另外一个国家。

我继续往外走，朋友的老婆跟了上来。 我们沿着一条走廊走着，她低声对我说：“他现在的心情很不好，天天打我。”我不知道该说什么才好，她接着说：“你找人替他说说情。”她说话的时候，不再是从前当领导干部时飞扬跋扈的模样，而完全像是一个可怜的村妇。

朋友站在他家院子里遥望着我和他老婆，用一种无声的话语——也就是意念——跟我说：“这个地方叫蛋国。”我知道，他是想告诉我，如果我有了营救他的办法，就到这里来找他。

掏不完的摄影包

我和两个同事骑车来到一座城市，我们把自行车放在体育场一侧的角落里，后来却找不到了，大概是因为这里要举办运动会，把我们的自行车当作杂物清理掉了。我们在体育场四周找来找去还是未找到，只好沿着一条公路往回走。

走着走着，看见路边有两个女孩儿正在拍视频。那两个女孩儿都在二十岁上下，一个高些，一个矮些。高个子女孩儿皮肤白皙，身材窈窕，头发乌黑，给人一种妖艳风骚的感觉。她拿着手机，身体前倾，屁股撅着，用一种夸张而迷人的姿势给那个矮个子女孩儿拍照。其实，她的目的并不是要取得矮个子女孩儿的影像，而是通过采集她的面部信息，将它转化成这个女孩儿母亲的容貌。这是一种前所未有、令人惊讶的摄影技术。我对此很感兴趣，就走上前去想看个究竟。

当我走到这两个女孩儿跟前的时候，她们正头对头地看着手机屏幕上的画面。那手机屏幕上有一张十分美艳的女人的脸，拍照的高个子女孩儿用手指在那张脸的额头、鼻子、嘴唇上飞快地点着，于是屏幕里的那张照片上就布满了红色指印。红色指印十分浓郁，像印油。 由于手机屏幕里那幅影像被这红色指印所覆盖，于是就辨认不出那个女人原来的容貌了；更有意思的是，从屏幕里的人脸和红色指印中间分离出许多线条和色块，以极快的速度勾勒和描绘着一张全新的面孔。 这就是创作。

就在我伸着脖子惊讶地看着手机屏幕的时候，高个子女孩儿突然朝我扭过脸来，皱了皱眉头，说：“你的负担来自你的背包，我闻出猴子的味道。”

她的话让我十分羞惭。 真的，我的背包正散发着动物的腥臊气，很浓很浓。

原来，我背着一只脏兮兮的绿色摄影包。 经那女孩儿这么一说，我觉得这个包让我十分丢脸，于是我边走边清理它，我要把包里的东西统统掏出来。 没想到，从摄影包里掏出来的，竟然是一卷胶卷。 这些胶卷在曝光的一刹那，立即变成了房子、汽车、办公桌以及电脑、笔记本、水笔，甚至是衣服、鞋袜、洗漱用品之类的东西。 摄影包里的胶卷，怎么掏也掏不完，于是从胶卷里变幻出来的东西，也就如过江之鲫，一个挨着一个，滔滔不绝，无穷无尽；到了后来，竟然出现了山峦、河流、街道、村庄以及众多人物。 这些物件、场景和人物，均以虚拟的状态呈现，如烟如雾，弥漫了天空。

天啊，难道是这胶卷里的影像复活了？

已经顾不了那么多了，我下定决心，一定要把摄影包清理干净。 于是，我扎开架势，甩开臂膀，以越来越快的速度，拼命地往外掏，不停地掏、掏、掏。

随着胶卷——物件、场景和人物——的滚滚而出，一阵阵陈旧家具的霉烂气味，夹杂着浓烈的狐臭、汗臭、屁臭，扑面而来，冲天而起。 难道有些东西是气味变出来的？

到了后来，我竟然看见，从掏出来的胶卷上，飘出来我的一段思绪，还有一些晃晃悠悠的梦。

天啊，这个摄影包，究竟是个什么东西！

我害怕了，想扔下这个可怕的摄影包赶紧逃窜。可是，就在我停下来的那个瞬间，漫天飘飞的物件和影像突然定格在空中；而我，也定格在了掏胶卷的动作上，就像是被那个摄影包紧紧地咬着一样。

赌城故事

我和一群同事一起到一个地方出差，说是去采访，却没有具体采访对象。我们去的那个地方是一座古城，一条一条街道都是明清建筑。走着走着，我看到街边临窗有一张小桌，桌子上放着一副纸牌，当时我无事可做，就百无聊赖地在桌旁坐了下来。左侧还有一张桌子，桌旁坐着一个男人，是个大胖子，他也是独自一人，也是傻呆呆地坐着。我的右侧是一个花格窗户，窗棂后面传来啪啪啪啪的摔牌声，一声比一声响亮，最后变成了阵阵轰鸣，就像打雷一样。随着摔牌声，窗户后头传来报牌的声音。从那声音得知，打牌的是两个人，那两个人每次报出的牌都很厉害，要么是同花顺，要么是王炸。从他们的声音中我听出来，其中一个人是我的朋友吴猛人，另一个人的声音则很陌生。窗户里头的声音太大，惊动了我左边的那个胖子，引发了他说话的欲望，他对我说："里头有一个人是官员，他总能把一手烂牌打成一手好牌。"他接着解释说："但，那是虚拟的。"我知道，他是因为嫌他们的声音太吵才故意这么说的。他并没有见到那人的牌，所以他这么说，有造谣的嫌疑。他的这些话造成了舆情的混乱，应该属于假新闻，至少是未经证实的信息。我觉得此人是个麻烦制造者，就白了他一眼。

闲着也是闲着，我开始起牌，然后出牌，我跟自己赌博。那个胖子见我这样做，便也拿起他面前的纸牌玩起了跟自己赌博的游戏。我突然明白，这个地方所有的桌子上都放着纸牌，不管是谁，到了这里就必须赌博；如果没有对手，就自己跟自己赌。这是规矩。

我不知道自己是输还是赢，但我发现桌上的纸牌在增加，比此前厚了许多。就在这个时候，右侧屋子里的两个人出来了，一边往外走一边还在争论谁的牌更好。我看清了，其中一人果然是吴猛人，另一个我不认识，但从此人昂首挺胸的姿势看，他不仅是领导干部，而且是一位大人物。我突然明白了，我所在的这个地方是一座赌城，凡是到这里来的都是赌徒。那个胖子对我说，这里每个人都必须给赌城的管理者上缴彩头——现在叫博彩税。我问那个胖子："我只是一个人在玩，没有赌资，没有产生任何效益，怎么还要缴税？"他斜了我一眼，以过来人的语气对我说："这是规矩。"他见我没有回应，就进一步解释说："既然是赌博，怎么能没有输赢呢？那副牌，经过你的手，自然就带上了你的体温，这体温就是效益。"听他这么一说，我觉得他应该就是赌城管理机构派来的，负责监视这里的每一个人。

我起身往街上去，走了没多远，见到我的一位女同事。我们一起出差的时候，她还是好好的，此时她的肚子却鼓得像个皮球，把黑色条绒裤子都撑开了。她双手轻轻地揉搓着肚子，像鸭子一样在街上晃来晃去，显得很满足。看样子，她也是来赌博的，她赢了，她的肚子就是明证。这充分证明，这里是真正的赌城，城中的每个人都在以不同的方式参与赌博。

正在暗自感叹，我看见街北面临街的二楼整整一层都装修得十分豪华。那里没有灯，十分幽暗。有人告诉我，那是乒乓球馆。我问，这么黑，怎么比赛？那人说，比的就是这个——看谁能在伸手不见五指的地方接住球并打过去。

我朝二楼望去，看见窗口那里站着老邱。老邱手里拿着一张很大的纸，正在高声朗诵诗歌。他朗诵的，竟然是我的诗歌！他看见我，就把手里的纸往空中一抛，那纸飘飘荡荡落到我手里。我一看，是一张很薄很薄的纸，纸上印着地图，是一幅简易的手绘示意图。图的右侧印着一个名单，上头都是我同事的名字。图的左上角有一个说明：供报销之用，有效期截至3月3日。哎呀，今天就是3月3日，是最后一天了，如果不把这个东西报上去，我们这一行人的差旅费就无法报销。满城的人都在找这个报销凭证，没想到它竟然在这里！

我拿着这张纸去找我的同事，一边走一边看那上头的名单。这个名单不全，只有这次出差人数的大约三分之二，这一串名字的背后有一个省略号。我逐个清点名单，却没有见到我的名字。我的名字大概在省略号里。

一个声音说："这才是赌博，赌的就是那个省略号。到了一定时候，那省略号会自动打开。有你的名字，算你赢，否则，就算你输。"

我死死地盯着那个省略号，但省略号很平静，因为它还没有得到打开的指令。

伪画

大厅里挂着一幅画，像是水粉，画的是几根树枝和一些凌乱的线条。这幅画从构图到色彩都给人一种幼稚和浅薄的感觉，我实在看不出有什么好，可是竟然有一大群人像转经者那样围着这幅画乱哄哄地打转，是在膜拜。表面上看，人们似乎将这幅画视作神品，对它充满了敬畏。我知道，这种敬畏感是人为制造出来的，为的是促销。大厅里弥漫着诡秘而虚假的气氛。这些人心里都清楚，这幅画是赝品，是假托某位名人的伪作，可是大家都在演戏。这些人的作为，让那幅画都感到不好意思了，它情不自禁地打起卷儿来，抖抖索索地缩着身子，表明它既胆怯又羞愧。

突然看见我的爱人，她被一群黑衣人围在中央。这些人像一群鬼魅，以极快的速度来回闪动，以至于看不清他们的脸。他们簇拥着我的爱人来到这幅画前，争着指给她看。我从人群中发现了几个熟人，有一位著名画家，还有一位著名策展人，他们的手臂在空中挥舞着，就像狂风中的树枝。他们是在动员我爱人买下这幅画，我爱人基本上已经答应了。这将是一笔巨大的交易。

我大恼，冲上去，对我爱人大吼："这是什么东西！ 一，文，不，值！"

一个二十来岁的白脸小伙子突然冲到我面前，拦住我，号啕大哭。他大幅度地摇摆手臂，像是作揖，又像是在跳一种古怪的舞蹈。他是想抓住我，与我纠缠。我知道他就是这幅画的作者，也知道他很有背景，却装作什么也不知道。旁边的人对我说："你看你，你看你！"我的几个老朋友也很生气，朝我瞪着眼，却没好意思说什么，他们鬼鬼祟祟地躲到一个角落，在商量什么。

把这桩生意搅黄，我的目的也就达到了。为了脱身，我随口对那个年轻人说："我不知道这是你画的。其实，这幅画嘛，这幅画嘛，啊，那个……那个……啊？"

我已经不适合在这里继续待下去，就一个人离开了。我大步走向一个像巨大的厂房那样的空间，在门口，迎面遇见我的两位领导，他们昂首阔步地走出来，没有跟我打招呼，只是冲我扬了扬下巴，笑了一下。这时候，我突然想起来，我是来参加一个会议的。

我来到会议室门口，朝里头瞥了一眼，看见每张桌子上都放着座签，却没有我的名字。原来，这里要召开一个品鉴会，是一个促销活动，这个活动与刚才那拨人有关，是他们策划的，所以就没有邀请我。

我绕过会场一直往前走，来到一片旷野上。这地方有一道沙梁，沙梁下面是一条沟，感觉这里就是我的办公室，沙梁是我的办公桌。一些虚拟的黑色树木在我身后排列着，起屏风的作用。

起风了，飞沙走石。

在这样的地方上班，没有什么事情可干，况且天气也不好，还不如回家读读书呢。这么想着，我就开始往回走。

记得在往这里来的时候，我在一个拐弯处做了一个记号，现在却怎么也找不到了。正焦急呢，突然遇见两个同事，他们开着一辆敞篷吉普，正在往一个地方去。我正要搭他们的便车，突然发现这两个人和吉普车都是假的——这是一幅画，人和车都是画出来的。原来，这幅绘画作品被人收购了，现在是这幅画自己走在送货的途中。

风，更大了。一片昏暗。

无解

我奔跑着来到教室，可是已经晚了，班上坐满了学生，一位教师正在出题，考试即将开始。

我给学校带来了一堆台球。那位女教师接过去放在地上，用一个三角形框子把台球分作两部分，说是给孩子们当足球用。我这才发现，这里的学生个子都很矮，像皮影戏里的人物，最高的也就二十厘米左右，小的只有拳头那么大。

试卷出来了，就放在讲台上。试卷是一个直径大约三十厘米的玻璃桶，里面盛满了水，水里有一株半透明的植物，那植物看上去像是塑料制作的，葡萄藤一样的藤蔓和柳叶似的叶子从桶口一直垂到桶底，藤蔓的中间部分模糊不清，若断若续。这是一道论述题，意思是："根据这棵植物的形态，请你说出它与房价的关系。"

教室里乱哄哄的，同学们窜来窜去，兴高采烈，因为这个题目是有标准答案的，事先已经透了题，大家都能得高分。这场考试，其实是给我看的，是一场表演。

突然，我的儿子出现在课桌上。他只有拳头那么大，这就充分证明他是一名差生。此时，他仰着脸，用崇敬的眼神盯着老师，大声说：“这个题目无解！”

女教师的脸像充气的气球那样猛然肿胀起来。她什么也没有说，只是紧张地看了我一眼。

我的儿子用自信的语气接着陈述：“那个植物虽然标明了房价起落的趋势，但是这个题目缺少基础数据。你需要提供一百年来房价的常数和那个植物的DNA，如果没有这些数据，这个题目就无解。”

儿子说罢，跳下课桌，背着手，扬长而去。

我恍然大悟：原来，这个考题的答案，其实就藏在那株植物藤蔓若断若续的地方。那是一个隐喻，它的喻体是：无解。

现在我突然明白，那个女教师何以如此紧张。我为我的儿子自豪，因为只有他看透了那道试题——它其实是一首诗。

名医

有一个空间，像是大厅又像是广场，当我来到这里的时候，此处已经有很多人，大多是我的熟人或朋友，他们三三两两地说着话，一个个面色红润，谈笑自若，但我能感觉到每个人都心事重重。原来，他们都是来治病的。病并不在他们体内，而是像物件那样被他们随身携带着，有的装在双肩包里，有的装在挎包里，有的装在手提袋里。除此之外，还有一个标志：谁的衣服上有黑色条纹，谁就是病人。这些人一律出现在这个空间的左侧，他们一边说话一边来回走动，看似轻松的气氛中暗藏着焦虑。那个空间的右侧也有许多人，他们一律穿着整洁的灰色制服，排着整齐的队列。广场中间有一条长廊，长廊里点着灯，就像是寺院里的长明灯，但是比寺院的灯要亮，使长廊看上去金碧辉煌。

一个女人，三十多岁，肤色白皙，微胖，她是医生。她出现在长廊中的一张桌子旁，眯缝着眼四下张望。她望了一会儿，然后像气功师那样慢慢地抬起手，朝左侧人群的头顶抓了一把，她的意思是：把这些人的病打包，统一处理。我本来是左侧人群中的一个，此时却站在医生的身旁。我负责这个事件的新闻报道，为了采访的需要，我必须站在这里。我原本是来治病的，新闻报道只是顺便而为，现在看到她如此处理问题，就紧张起来：我带来的病到底怎么办？

那个女医生手里握着一团黑东西，像是烟雾，却颇有质感，感觉就像是风中的一绺头发。她把那团东西在空中来回晃动，就像是在晃动一个风铃。她的动作极快，所以手中的东西就显得很虚，我看不清那东西究竟是什么。她晃动了一阵之后，跟我说："没事儿了。"她好像已经察觉出我内心的疑虑，就用意念告诉我："你们的病已经消失，或者被稀释，或者被转移，我要治的是未病。"

果然是个名医！

可我依然不放心：莫非，她把我们这一侧的人带来的病稀释或转移到右侧人群中了？这就是说，在这个地方，没有一个健康的人了！

更让我感到紧张的是："未病"是什么，我有没有"未病"？

我一急，就从头到脚急速地摸索和拍打起来。

老院子

一个老宅院，很深很深，一进院子连着一进院子，有很多很多进。

我站在高处俯瞰这宅院，一进一进院子在我眼前忽远忽近，就像是在不断推拉的镜头中所看到的景象。我感知到这个院子的存在，一半靠视觉，一半靠感觉，因为整个宅院呈现出虚拟状态，如同一个幻觉。

每一进院子的上房都有窗户，它们是这院子的眼睛。这院落是一个活物，它可以呈现出种种形态；而这一刻，它以老宅院的形态出现。

第一进院子只有一扇窗户。窗户差不多有整面墙那么大，看上去就是一面圆形水晶玻璃幕墙，放射着宁静而单纯的光芒。从第二进院子开始，窗户依次变成两扇、四扇、八扇，以几何级数增加，到了最后一进院子，已经弄不清究竟有多少扇窗户了。最后这进院子的窗户有大有小，大的有拳头那么大，小的只能塞下一个小拇指；还有更小的呢，最小的只有针尖儿那么大。即使只有针尖儿大小，它依然保持眼睛的形状，且具备眼睛的功能。

此时，我正置身于这老宅院的最后一进院子里。满墙数不清的眼睛状窗户让我悚然一惊：这个老宅院，是一位饱经沧桑的老人。一进院落，代表着他的一个年龄段，数量众多的窗户是他的眼睛，也是大大小小的摄像机，负责记录并存储他的人生信息。哎呀，我走进一位老人的传记中来了！

既然来了，那就透过窗户——眼睛——来读一读这位老人吧。

刚动了这个念头，满墙的窗户消失了，我置身其中的这个院子也消失了，连整个老宅院都消失了。我站在一堵红黄色石壁前，只见通天彻地都是飞旋的眼睑状光斑。这些光斑像闪烁的鬼火，像飞旋的火星，像飞舞的萤火，密集程度和激烈的场面，简直就像是愤怒的蜂群从上下左右包围了我。莫非我触犯了那位老人，他把我从他的身体里扔了出来？或者，恰恰相反，是那位老人在以此种方式讲述和展示他的一生？

事情复杂了！

不知道该如何应对，一急，我变成一粒火星，围绕着那飞旋的光斑飞舞起来。

驯虎记

在路边碰见一只毛茸茸的小动物，乍一看，是猫，细看却是小老虎。认定它是老虎，是因为它头上有一个明显的“王”字。它的尾巴有拇指那么粗，光滑有力，就像是一条甩动的九节鞭。这小老虎，胖乎乎的，有两尺多长，眼神萌萌的。别看它那么小，走起路来却是威风凛凛，完全是虎的雄姿。

这小家伙太可爱了。我弯腰把它抱起来，想把它带回家当宠物养。抱起它的时候，感觉它的骨头颇有棱角，身体沉甸甸的，显然不是一般的动物。

来到一座大房子里，这里好像是我的家，又仿佛是某个人的别墅。我置身于一个大厅，大厅里男男女女各自端着郁金香形状的红酒杯，他们微微晃动腰肢，酒杯里的红酒闪耀着摇曳的光影，空气中弥漫着轻松而浪漫的气氛。我把那只小老虎放在地上，刚一挨地，它倏地不见了踪影。我紧张地四下观看，只见那只小老虎变得像老鼠一般大小，却依然是老虎的模样，正沿着墙根四处乱窜。天啊，这是老虎，即便是小老虎，它也是老虎，如果它野性发作，咬人或是吃人，那可怎么办！

大厅里的人对这种危险浑然不觉，他们依然轻松地摇晃着腰肢，就像是飘摇的海带或珊瑚。小老虎是我带来的，千万不能出事。我决定把小老虎捉住，把它关起来。

这里没有笼子，也没有箱子，我就大声对我爱人说："找个布袋，布袋！"我一边叫喊着，一边去捉小老虎。

小老虎灵活得像老鼠，我怎么捉也捉不住。

特别操蛋的是，这小老虎一边跑一边回头瞅着我，带着一种淘气的、捉弄人的表情。它时而停下来，忽地变得像熊猫那么大，忽地又变得像老鼠那么小，这让我更加紧张。

就在我围追堵截小老虎的时候，突然感到脊背上麻麻的、痒痒的，一个毛茸茸的东西顺着脊背钻进了我的袖管里。天啊，小老虎，它钻到我衣服里来了！

这一次，我无论如何也要捉住它！当它爬到我左边袖管里的时候，我一把捆住袖口，脊背靠在墙上，那只掴着袖口的手隔着衣袖慢慢地往上捋，终于，我捉住了它。掏出来一看，小老虎酷似一只黄鼠狼，有鸡蛋那么粗，一两尺长，但身上的花纹和脑袋依然是老虎的模样。

这小家伙被捉住以后，身体弓着，爪子踢腾着，猛然张开大口要咬我。它已经咬住了我，却并不是真咬，只是轻轻地把我抓着它的那只手含在嘴里。我惊叫着，让我爱人赶紧过来。有人递来一只布袋，麻织的，很厚，那人撑着布袋口配合我。小老虎依旧在挣扎，我紧紧地掐住它的脖子，另一只手按住它的头，费了好大的劲儿，才把小老虎的头和身体的一部分塞进了布袋。

小老虎不动弹了，我一看，它死了，大概是我刚才用力过猛造成的。我把小老虎掏出来，此时它只是一张皮，软软地瘫在地上，但眼睛依然在瞪着我。天啊，我是多么喜欢它，可最后竟然把它弄死了！我懊悔不已，搓着手，绕着那张小小的虎皮不停地转来转去。

跑掉的素材

有关方面组织了一个大会，究竟是什么会，不清楚；我得到的指示是，必须参加，并且要在会上发言。

记得有一个负责会议接待的女孩子曾经给过我一张大会议程表，那是一张粉红色的纸，上面写着一项一项议程，包括为我设计的话题等。我把那张纸弄丢了，所以也就不知道自己应该讲什么，以及应该在什么时候上台讲话。我在会场外徘徊，心中一片茫然，却又时刻惦念着开会的事情。我知道，在这个会上发言，是我义不容辞的责任。

我所在的地方离会场很近，可以清晰地听见会场上的声音，能看见与会人员来回走动的身影。离会场这么近，是为了在适当的时候——该我讲话的时候——随时进入会场。但我知道，我此时所置身的这个时空，与那个会场不是同一个世界。我所在的这个时空，是由一口水井操控的。这水井，表面上看与一般的水井并无二致，实际上，它却是一个十分高级的创作者，甚至可以说是造物主。凡是在这个井口出现过的人都会被水井捉住，它会留下那人的容貌和身影，然后据此再造出一个人来，这是水井独特的创作方法。水井创造出来的人并不具备肉身，而只是虚拟的人形，与现实中的人明显不同，所以我能轻易地辨认出他们的身份。

此刻，我被虚拟的人包围着。这些人虽说是虚拟的，但一个个栩栩如生，有鼻子有眼，走动，谈笑，俨然真人，只是在与他们握手或触摸他们身体的时候，我的手可以毫无阻碍地穿透他们的身体。这些虚拟的人，挥舞着手臂，哇哇叫着，争着抢着跟我说话。我知道他们试图通过我的话语吸纳我的真气和能量，从而成为真正的人，所以我不说话，甚至连呼吸都很轻很轻——这是我的防卫手段。这些人当中的一个——我感到这是一个女人——大概是看出了我的用心，突然捂着脸哭起来，一边哭一边说："为了能听到您的讲话，我等了三千年，可是您……"她指着会场的方向，继续哭诉："他们，还有我们，就是为了参加培训才变成人的。"

原来如此！

我难过起来，为我的自私而深感羞愧。豁出去了！我决定领着这些虚拟的人去参加那个大会，我要让他们成为真正的人。这一刻，我知道自己应该在那个大会上讲什么了。

一转身，我出现在会场上。会场是一个没有墙壁的空间，在栅栏背后坐着一排一排石头人。一个头发花白的男人站在主席台上，他一手叉腰，一手大幅度地比画着，嘴巴一张一合，在无声地讲话。他的脑袋不停地上下甩动，像是很激动的样子，而那些石头人却一动不动。我记得这个会场上的听众，原本是一群活生生的人，莫非此人的讲话使他们变成了石头？

怎么会是这样！

我替那个正在演讲的老头儿感到不好意思，同时为自己作为应邀嘉宾而感到尴尬和羞耻，仿佛是我做错了什么。我想跟人们说，我的发言一定会跟那人不同，我会给你们生命。可是，扭头一看，跟在我身后的那些虚拟的人，不知什么时候已经消失得一个不剩。

莫非他们是被那个老头儿的讲话和他的架势吓跑了？要知道，这些虚拟的人都是我的创作素材啊！我带他们到这里来，是为了让他们变成有血有肉的人物。我正在为此而努力，可他们怎么就跑了呢？

“我的素材，我的素材！”我大哭起来。

绝对零度时间

此刻，世界呈现为牛奶形状，乳白色，一片混沌，就像是无边无际的雾。

当我来到这个世界面前的时候，世界，突然裂开一条缝。这是一条看不见的线。我知道，这条线，就是时间。

我趴在这条看不见的线上，上面是牛奶，下面也是牛奶，那么，我是被挤压在世界的缝隙里了，也就是说，我既在时间之中，又在时间之外。我看不到任何东西，却能感觉到，在上面的牛奶和下面的牛奶里，人类以微生物的形态生存着，并散发出阵阵酸臭气。这种结果是时间造成的——时间是发酵剂。

风，吹透我的肩膀，进入骨头缝里，它在切割我的身体。

风是世界的牙齿。世界用冷——也就是绝对零度——来切割人类。原来，人类是世界豢养的动物，当世界感到饥饿，就用绝对零度吸食人类的能量，包括灵魂。

我大口大口地呼吸。我以这种方式抵御风寒，要把那冷从骨头缝里逼出去。这是我与世界对抗的方式。

一个声音说："人是一口会思维的气，依附在绝对零度时间之上。”

这是在提醒我。

听到这句话，我的身体立即四分五裂，肢体与器官像散落的羽毛飘飞而去。到了最后，所谓的“我”，也只是一颗脑袋。这是我的自救措施：只要脑袋还在，我就能思维、能呼吸，也就可以确定自己还活着；至于如何依附在零度时间之上，那是灵魂的事情，哈哈，就不用我操心啦！

西施受刑记

一个精壮的男人，身材高大，样子很像张飞，他带着风，从我眼前走过。我知道，他这是去打擂。

没有看到擂台，也没有看到比武的场面，只看到一条河。我知道，此地就是比武场；我还知道，皇帝给优胜者的奖励是可以多娶老婆。刚才见到的那个人，在河岸上一步一步走着，河岸在他的脚后一块一块塌陷。难道这就是比武？我感到奇怪。

那个人，真的得了第一。

他的身边，立即出现了密密麻麻的女人。

突然，人群大乱。原来，那个男人被抓了起来。一个意念说："他被判了死刑，因为他获得的女人，超过了规定的数额。"

当我从乱哄哄的人群中看清楚那个人的时候，我的面前出现的竟然是一个女人。一个人悄声对我说："这人叫西施。"原来，被判处死刑的是西施。西施为了娶女人而伪装成男人前来比武，被人发现了，所以被判处死刑。

西施站在一棵柳树下，她的面前是一片湖泊。她表情宁静，眼望远方。周围站满了人，大家用眼睛看她。这就是行刑方式。

她要被活活看死？

西施实在是太漂亮了，真不忍心让她死啊！我只看了她一眼，就将目光挪开了。我一直担心她，所以就又看了她一眼。她依然在那里站着，浑身上下爬满了虫子，虫子在咬她。我突然明白了：人的眼睛是虫子，是可以吃人的。所以，直视就是一种行刑方式。

我哭起来。

西施依然很平静。

我看见，她身穿的曳地长裙上出现了一个又一个洞，那洞正在不断地扩大着，扩大着，就像被火烧着一样。

他在写死后感

我去参加一个活动，任务是搞新闻报道。

这是一个足有一千平方米的会堂，来宾却寥寥无几，人们坐在沙发上闲散地说着话。过了一会儿，我看见现场每人一台笔记本电脑，各自趴在桌子上打稿子。我瞥了一眼那个叫黑白的人的座位，那是一把足以坐下两个人的高背木椅，空着。突然想起来，刚才有人宣布：黑白死了。他的座位空着，就证明他真的死了。我知道，他是因为组织这个活动劳累过度而猝死的，我的心一揪一揪地难过起来。

黑白是个闻名遐迩的大人物，他的去世算得上是一个新闻事件。我决定在本次活动的报道之外，另写一则黑白逝世的消息，必要的时候，我还可以写一篇悼念他的文章。黑白的死，让我震惊。一紧张，一难过，我竟然不知道报道和文章该怎么写了。扭头看看身旁的人，想看看他们是怎么写的。可是，像我这样的人，怎么能抄袭别人的稿子呢？再说了，身边的这些人都是诗人，他们使用的是各自专用的密码系统，是一种私密的写作方式，即使看见他们电脑屏幕上的文字，那也是读不懂的。

我正在焦急地四下张望，突然看见黑白好端端地坐在此前空着的那个座位上。

他明明死了，怎么又出现了？ 我大惊，身上起了一层鸡皮疙瘩。

我不敢正视那个鬼魂，只是悄悄地转动眼珠往那个座位上瞟了一眼。 只见黑白依然是生前的模样，只是他那著名的白发更白了，纯白，一根一根，发出水晶的光芒，白皙的脸庞更加丰满，脑袋比生前大了大约一倍，整个人有一种既真实又虚幻的感觉。 我悄悄地观察黑白，只见他此时正全神贯注地在笔记本电脑上敲打着。

他在写死后感。

我知道，他这是在主动为我提供写他逝世报道和纪念文章所需的背景材料。 由此可见，他是一个十分注重自己名声的人。 啊，不对。 他很可能是在记录自己在阴间的见闻和感受，包括从那个世界回望人生时的种种感悟。 那么，他就是一个责任心很强的人。

这时候的黑白，满身煞气，带着另一个世界的能量，是万万不可靠近的，谁触碰到他，谁就必死无疑。 我带着强烈的敬畏感走出会堂，沿着左侧的小径向西边的山坡走去。 走着走着，一转身，发现我刚才所在的会堂其实是一个毡房，毡房的门帘敞开着，能看到里面的人，能感受到其中特殊的氛围，甚至能闻见一股浓郁的樟脑味儿。 樟脑的气味是防腐的，它代表哲学，这就证明那里的人正在讨论生死的话题。

继续往前走，我来到了戈壁滩上。 茫茫戈壁滩一丛一丛青草星罗棋布，每一丛青草之间相距很远，却布局巧妙，就像是天上的星座。 那草丛，葱绿茂盛，草丛中间是一个圆形草甸，四周是像盘起的长发那样的丝丝草茎，宛若精心编织的带幕帘的蒲团或是绿草制作的笼子。我突然明白：戈壁滩的产生与这些草丛有关——草丛汲取了土地太多的能量，这里也就变成了戈壁滩。

有一个人，坐在离我最近的那个草丛中，从他的身影看，有点像是黑白，却又不能确定。我突然感到，我面前的戈壁滩其实是一篇文章，也就是黑白所写的那篇死后感。但是，这死后感里写的是什么呢？我看着遍地鹅卵石，心里一片茫然。

我闻到了浓郁的荒凉气息。

看不见的好友

不知道这是在哪里，眼前这个空间像是无边的舞台，又像是空旷的乡间场院。感觉这里应该是聚集着很多人的，可眼前空无一人，只见整个空间里悬浮着一个一个物件。我看见一根有指头那么粗、微微弯曲的竹竿，竹竿下端是开裂的，就像是一把小小的扫帚。我还看见一颗长方形、四角浑圆的璎珞，它闪耀着晶莹而锐利的光芒，像人的眼睛在凝视着我。在这个空间里，还有一团一团的东西，形状模糊，若隐若现，从轮廓上看，有的像是男人的光头，有的像是女人的头帕。这些东西，均以人类步行的节奏在空间里上上下下、前后左右地浮动，有的快一些，有的慢一些。它们在相遇的时候，会停下来，拐个弯，像是在彼此礼让，又像是处于某个舞台剧的剧情之中。

哦，这些物件，其实都是人！

我断定这些物件是人，是因为每个物件背后都拖着一股淡淡的烟尘，这些烟尘打着旋儿，让人想到人在行走时所产生的气旋。我明白了：这里每个物件背后都隐藏着一个人，每个物件都是一个符号，它代表主人的身份——璎珞代表官员，竹竿代表乞丐，光头和头帕分别代表普通百姓中的男女。

哎呀，果然是一个舞台。这里正在进行隐形演出，每个物件都是道具。

哈哈，只有我看出了这一点！

我心里一阵激动，立即挥动手机，我要加他们的微信——加了微信，就可以验证这些人的身份。告诉你，我的手机具备信息修复功能，加了这些人的微信之后，我就能搜集并整理出他们的大数据，复原他们本来的样貌，使之现出人形。

可是，没有他们的微信号，也没有他们的电话号码，我怎样才能加上他们的微信？呃，有了。我打开手机微信上的扫码程序，对着那些物件背后的气旋进行扫描。我判断，那一个个物件——也就是一个个人物——的信息，包括微信号、手机号码等都在那气旋里。甚至，那气旋本身就是二维码，只要把它扫描了，也就可以加上他们的微信。

我拿着手机，在空中摇来晃去。突然，手机屏幕一亮，显现出一串数字和数学符号，它们占满了整个手机屏幕。啊，我加上了他们的微信！这是其中某个人物——某个角色——通过微信发给我的一道考题。原来，那个看不见的世界——也就是我眼前这个只见道具不见角色的舞台——其实是一个考场，这里正在进行一场考试。一个意念对我说："你要算出人间的微积分。"

微积分？哎呀，没学过。我急得满头大汗，盯着眼前悬浮的物件和它们背后的气旋用力地看，想从中找到解题方法。

此刻，那些气旋的颜色显得比此前要深一些，一定是有什么东西加入其中了。我闻到一股熟悉的气息，感到是某个熟人进入这个场域里来了，并在通过气旋来提示我。果然，我隐约看到空中出现了一个加号、一个减号。我突然明白过来：可以用加法来代替“积”，用减法来代替“分”。啊哈，我找到了解题方法！

至此，我完全明白了：我置身于一个朋友圈里，那一个个气旋，都是我看不见的好友！

我把手机往天上一抛，一个箭步向那舞动的气旋冲去。

三张纸写完的长篇小说

一片密密麻麻的文字，细看，是三张印满五号字的 A4 纸。一个意念告诉我，这是一部长篇小说，是我写的。

简直是开玩笑！ 这么个篇幅，只能算是一篇小小说，充其量不过是一篇短篇小说，怎么可能是一部长篇小说呢？ 如果我承认它是长篇小说，就等于我在说谎，我就成了一个虚荣可笑的人。 可是，这三张纸却坚定不移地宣称，它就是一部长篇小说。 我四下张望，想找个地方把它藏起来，别让它给我丢人现眼。

这三张纸已经知道了我的想法，它像是被惩罚的家犬那样，羞怯地躲避着，却又围着我团团转。 哦，我知道了，它想向我证明：自己真的是一部长篇小说。

就在我十分生气地盯着它的时候，一些人出现在我眼前。那是一群成年男女，中间还有几个孩子，他们行走在一个集镇上。 感觉这个集镇很眼熟，细看，原来是我小时候生活过的那个鄂西山镇，但眼前这些人我从未见过，一个也不认识。 他们也不跟我打招呼，只顾慌乱地四处走动，大概是在找吃饭的地方。在这个过程中，这些人彼此发生了争吵。他们争吵的时候，只是张牙舞爪，却不发出任何声音，整个场景有一种虚拟的性质。我恍然大悟：这些人物和场景，是从那部小说里跑出来的，是小说的延伸部分。三张A4纸上的文字只是小说的提要，小说真正的文本是以附件的形式存在的。表面上看，这部小说只有三张纸，但当你开始阅读的时候，它会自动打开附件，向你呈现小说的全部内容。这是它独特的结构形式。

原来如此！

那么，它自称是长篇小说，也是有道理的。哎呀，这是创新！

消除了疑虑，我就放心地往下读。

这时候，我已经知道这是一部长篇三部曲，刚才我看到的是第一部中的一些人物、故事和场景。我接着往下看，一晃，进入第二部。第二部的内容是由一本一本书构成的，这些书的封面像电影画面那样依次展现在我眼前，一个意念说：把这些书读完，也就读完了三部曲的第二部——小说要写的东西尽在其中。

我以极快的速度把这些书浏览了一遍，它们基本上都是哲学著作，其主旨是对人生意义的阐释。这时候，第二张纸——三部曲第二部的提要——以急切的语气对我说："一部书要深刻，光有故事是不行的，它需要整个人类出来证明。"它说这话的时候，就像一个在极力为自己辩解的孩子，结结巴巴，面红耳赤。显然，它害怕被我瞧不起。

读第三张纸的时候，我站在一片空地上，四野空茫。哦，对了，这部分的内容很简单，就是《等待戈多》。我是剧中的一个角色，也就是等待戈多的那个人。我觉得无聊，想说几句台词，又不知道说啥才好，只好像风中的空塑料袋子那样晃来晃去。

第三札

为光开门

两条垂天大幕，一左一右朝中间合拢，风景被遮蔽，天一下子黑了。我在黑暗的原野上走着，感觉是走在一个黑色立方体里。

困得要死，上眼皮似乎坠着石头，我用尽最后的力气想睁开眼睛，可眼帘还是合上了。就在我合上眼帘的一刹那，一个像摄影机取景器似的东西——姑且称它“取景器”吧——突然在我眼前打开。这是一个接近于正方形的框子，大得就像是整个天幕，它以意念的方式对我说：“开始吧。”那语气，就像是一位大导演。

难道是我走进了一台超级摄影机?

没等我回过神来，从取景器左上角露出一个鸟头。这鸟头，以大约千分之一秒一次的频率急速伸缩着，正从取景器里往外钻。

取景器怎么会冒出这么个东西!

正惊异间，那鸟头变成了——或者说是牵连出来了——一个龙头。这龙头，牵扯着龙身，从取景器里盘旋而出。

龙在天地间的虚空里旋转，变成了一只飞旋的巨大箭镞。箭镞棱角分明，闪闪发光，一边飞旋一边幻化。当我看清楚它的时候，这箭镞，已经变成了鹰嘴。

鹰嘴越来越大，几乎占满了那无边无际的取景器。

不知道是鹰嘴调整了方位，还是空间发生了扭曲，这时候的鹰嘴出现在取景器背后。鹰嘴叼着一个闪光的物件，这物件位于取景器正中间，似乎是一颗钻石，又似乎是一粒纽扣，抑或是一个门环。鹰嘴在虚空中悬停了一下，然后向身后退去，也就是向内拖拽着取景器。鹰嘴显得很吃力。突然，在取景器背后——也就是鹰嘴所在的那个方位——出现了一只像参天大树那么粗大的手，一根食指套在鹰嘴叼着的那个东西上，把取景器向内拖拽。显然，它是在帮助鹰嘴。

这取景器是一道隐形的门。这门，像一块透明玻璃，虽说目不可见，却是真实存在的。它不但存在，而且还在咬牙切齿地阻挡着背后的一切，至死不肯放松。

这道门异常诡秘和顽固，牢不可破，任何外力都无法将它打开。然而，既然是门，就肯定有控制它的机关。这机关，就是鹰嘴里叼着的那个东西，只要掌握了它，就可以打开这道门。显然，鹰嘴和手是知晓这个秘密的，所以，它们死死地叼着、扣着那个机关，向里拉，向里拉。

鹰嘴和手指死命地拽着机关，那个机关却纹丝不动。鹰嘴愣了一下。它发现，门——取景器——的四周贴着一道封条，封条上有咒符似的图文。鹰嘴放开那个机关，从门的右上角处猛地叼住封条，用力地撕扯，撕扯，终于将那个封条撕开了。

一瞬间，门，无声地开了。

门的背后，是光，是光！原来，刚才在这里所发生的一切，是在为光开门！

光是一块巨大的金锭，它从门后沉甸甸地滚了出来。巨大而沉重的光瞬间开化，像决堤的潮水那样朝着四面八方漫延开去。天地间一片光明，山川重现，草木萌生，鸟飞兽走，满世界的风景都复活了，用各种腔调欢叫着，向着天边狂奔而去……

哈哈，天就是这样亮起来的！

山神之恋

一个山壁。

我面对的是一座山，奇怪的是，这山不想让我看到它的全貌，而只让我看到它的一个侧面。这一切，都是这座山预先安排好的——此后将有大事发生，它让我做见证人。

这山壁立陡陡的，呈不规则四边形，土黄色，一圈毛茸茸的植被勾勒出人头轮廓。山壁正面皱巴巴的，在这些褶皱里散乱地生长着树木和野草。树木和野草不是向着天空生长，而是从山壁上垂直地向外生长，就像是人脸上的胡楂子和汗毛。树木低矮粗壮，呈铜绿色。之所以是铜绿色，是因为这些树木想告诉我，它们太老了，跟山一样老。那些草，青中泛黄，呈现出金属的光泽和质感，这说明它们是从石头变化而来的，跟石头一样古老。

山壁抽搐了一下。

细看，是草木在动。它们带着巨大的冲动，齐刷刷地从山壁里头往外拱。随着草木的拱动，石头纷纷崩落，发出阵阵轰鸣。我闪身向后退去。就在我回头观看的时候，那山壁已变成一张人脸：上部的树木是头发；中间的灌木丛是眉毛；眉毛下方那两口波光荡漾的池塘，显然是眼睛（大概是为了证明自己真的是眼睛，它竟然俏皮地眨了眨）；正中间高高鼓起的小山梁，是鼻子。呃，山根那一丛浓密的青草，此时已变成胡须。在胡须之间，一张完整的嘴巴出现了，上下嘴唇，厚墩墩、红润润，显现出一道一道竖立的褶皱。

感觉是草木把一张人脸从山壁里头拽了出来；当然，也可能是那张人脸毅然决然地挣脱山壁，自己浮现了出来。

啊，这山，竟然是一个人！

就在我暗自惊叹的时候，那巨大的嘴唇翕动起来，发出嗡嗡的话语声："是该出来的时候了。"

一转眼，在我的左侧出现了一个身影，是女人的身影。

我认定这是一个女人，是因为我看见了一双有两层楼那么高的绣花鞋。此时，我就站在绣花鞋的下头仰着脸往上看，我看见这绣花鞋粉白色的鞋底，看见鞋帮侧面的朵朵桃花；再往上看，是一块两三米厚的翠绿色衣袂，它鼓荡着，一褶一褶的，像是裙摆。

我想看清这女人的容貌，可她实在是太高大了，除了绣花鞋和衣袂，其余部分都在云中。虽说看不见她的身体，但我知道，她是从大地深处长出来的，此时正以极快的速度继续生长。最让我感到惊奇的是，这女人衣袂的材质是玉石或玛瑙，晶莹玉润，闪闪发光，显现出华贵的质感。

看不见她的容颜，但我知道，她十分美丽，那是一种无法言说的美丽——比美丽还要美丽——美丽得让人想哭。

空中传来歌吟般的声音："我——来——了！"

起风了。

那女人的衣袂在风中裂开一道道细小的裂纹，随即传出细碎、清脆、悦耳的迸裂声。

啊，莫非……

我未及感叹出声，眼前这个女人自下而上噼噼啪啪地剥落，眨眼之间，轰的一声化成了一堆泥土。这泥土是黄色的，很细很细，带着土壤特有的颗粒感，泛着泥土的腥味，给人一种十分肥沃的感觉。泥土在生成的一刹那，就像是漫漶的水流和氤氲的水汽，迅速地朝着我刚才看到的那个山壁——也就是那张脸——的方向铺展开去。

在泥土铺展开去的地方，出现了一条无边无际的绿毯，它高低起伏，上面开满星星似的各色野花。野花层层叠叠向外涌出，涟漪一般荡漾开去。原来，我看到的是一位女神，她的名字叫“迎”。她出现在这里，是为了等待一张脸，为了那张脸，她把自己等成了石头。

此时，奔走的花毯——也就是“迎”——爬上了那张由山壁变化而来的脸，在上头来来回回地擦洗着、抚摸着。那是她的男人，他的名字叫“山”。

哈欠

我从家里出来，走在一条幽暗的走廊上。

走廊就像是大杂院，胡乱摆放着各色杂物，有桌子、水盆、破烂沙发等。当我走到一个装满污水的盆子跟前的时候，突然放了一个屁，一粒粪团“噗”的一声，掉进了水盆里。

怎么把屎拉到人家的盆子里了？我大窘，见四下无人，就慌忙逃走了。

一抬头，发现我的一位领导正挑着担子迎面走来。从他龇牙咧嘴的表情和摇摇摆摆的步态看，那担子很重很重。我紧走几步，来到他面前，说：“我替你担吧。”他没有说话，算是默许了。

他的扁担很长，两头的东西却并不多，也不很沉。我挑起那副担子，一点儿也不吃力；不但不吃力，反而觉得那长长的扁担一上一下地运动着，就像是一对翻飞的翅膀。我的脚步坚实有力，走起路来有一种轻盈、欢畅、舒适的感觉。

就在我接过担子的那一瞬间，那位领导突然消失了。刚才只顾着接担子，竟然忘了问他该把这东西送往何处，现在想问已经来不及了。由于没有目的地，我只好挑着担子，走啊，走啊，一直往前走。

走着，走着，一抬头，呃，竟然来到了那位领导的家门口！

他家门前，跟我刚才走过的那条走廊一模一样，也是胡乱摆放着各色杂物。呃，我们竟然住在同一栋楼里！我这才发现，这是一栋巨大的围楼。围楼采取的是弹簧式建筑结构，由一个一个螺旋式圆环组成，一个圆环就是一个楼层，层层相连，环环相通，构成一个无穷无尽的空间。不知道自己刚才走了多少个楼层，反正此刻我来到了领导家门前。

我放下担子。我要跟领导报告一声：担子已经替他挑过来了，就放在他家门口。

他家的木门大开，我正要走进去，突然发现离门口不远的地方放着一张木桌，有一团东西正沿着一只桌腿自下而上地蠕动。那东西，竟然是我刚才拉出来的粪团！我之所以认得它，是因为上面歪歪扭扭布满了文字，从依稀可辨的文字看出，这是我写的一个策划方案。恍惚记得，我曾经拿着这个方案请领导审阅，领导审阅之后把方案返还给了我。今天早上吃早餐的时候，我随意从手稿中抓取一张纸来包油条，并在无意间把纸也吃了下去，没想到吃下去的竟然是这个方案。此时，满身文字的粪团正弓着身子努力地往桌面上爬。这家伙，竟然绕开我，直接来找领导！我惊讶地看着它，没说什么，更没有阻拦。我甚至感到好奇，在心里对它说：我曾经亲自把你呈给领导审阅都没有引起他的兴趣，难道变成排泄物之后，领导反而会欣赏你不成？转念一想，既然我已经把它当作排泄物拉出去了，它就与我没有任何关系，它有自主行动和寻求自身价值的权利；如果它能够通过自荐引起上级关注，为自己找到出路，总比被束之高阁强啊。当然，结果如何，就要看它的造化了。

这么想着，我一脚跨进了领导的家门。

没想到，领导和他的老婆竟然赤身裸体地睡在他家的客厅里！我急忙退了出来。正要转身离开，领导突然伸了个大大的懒腰，“啊——哈——”一声，打了一个长长的哈欠。

弄不清他是醒着还是在梦中，于是我站在他家门口试探性地打了一个哈欠——我尝试着用哈欠跟他打招呼。

就像是一声有意的回应，他又打了一个哈欠。

我又试探性地打了一个哈欠。

他随即打了一个哈欠。

我一声“啊——哈——”他一声“啊——哈——”，他一声“啊——哈——”我一声“啊——哈——”……围楼空旷而寂静，此起彼伏的“啊哈”声听上去如同惊雷滚动，仿佛两只野兽在旷野上彼此呼应。

打哈欠其实也挺累人的。我想停下，可领导的哈欠依然兴致勃勃地、一声接一声地打着，我不好意思甚至也不敢停下，只好一声接一声地继续打下去。

我与这位领导之间从来没有进行过如此酣畅淋漓的交流，没想到，一直深藏于心的与领导进行深度交流的愿望，竟以哈欠的方式得以实现。这一状况的出现，是因为这位领导就要退休了——领导退休之前是有征兆的，即一反常态地对下属释放善意——还是另有玄机？

粪团已经爬上桌面，变成一张印满文字的桌布。桌布瞪着满身的眼睛，一边在风中鼓着肚子扑哧扑哧地练习打哈欠，一边像乐队指挥那样随着我和领导哈欠的节奏，上下左右地挥动双手。

看起来，我们的哈欠有可能演变为交响乐。 这是领导的意思，还是粪团的主意？ 我一边打着哈欠一边用心琢磨。

胶泥部落

在一个地方，人们选举我——也可能是任命我——担任这里的首领。这个结果是通过意念传达给我的，那个意念说："这是由幻象构成的世界，你要把它变成实体世界，这是你的使命。"

还没弄明白这是怎么回事，眼前就出现了一个巨大的几案，它看上去差不多有五百平方米那么大。身旁出现了一个人，看不清此人的五官，但我能感觉到这是一个女人。她是我的助手；当然，也可能是来监视我的。几案上放着一些木工工具，有锯、斧头、刨子，还有一大块胶泥。奇怪的是，木工工具也好，胶泥也好，均呈现为若实若虚、此中有彼、彼中有此的状态。我由此断定，自己止置身于一个半是幻象半是实体的世界里。

我的心既沉重又迷茫，因为我不知该如何创造一个实体世界。

从当下的情形看，我必须完成使命，否则，我将受到十分严厉的惩罚，甚至会被处死。这是由我所担任的职务决定的——谁拥有这个职位谁就将承受如此的命运。

对于木工活儿，我一窍不通，也毫无兴趣，于是就决定尝试着用胶泥来创造实体世界。 其实，对此我一点把握都没有。 那么，就试试吧。 我决定用胶泥试制一个笔记本。 这么一想，几案上就出现了两个笔记本，绿色皮质封面，两指来厚，看上去质地良好。 笔记本与胶泥是一个颜色，这就充分证明，它们是胶泥变化来的，也就是说，用胶泥真的可以创造世界。

哈哈，我成功了!

我要创造一个工作室。 我知道，要创造世界，就必须有图纸和小样，这都要在工作室里完成。

动了这个念头之后，工作室就出现了。

所谓工作室，其实是一座平顶的塔。 我坐在塔顶的平台上，脑子里出现了一个以塔为中心的广场，广场四周的屋宇像涟漪一般一圈一圈荡漾开去。 这些屋宇都是中西合璧的别墅，高低参差，既气派又和谐。 一圈一圈屋宇之间是一条一条环形街道，众多灰黑色人影飘忽其间。 街道外面，隐约可见树木和山峦的影子。 我明白了：这个世界并不需要设计，它原本就存在。 当然，还有一种可能——这是胶泥按照我脑子里的图纸创造出来的一个部落。

既然一切都有了，我还能做什么呢?

一个意念对我说："因为胶泥具有半虚拟的性质，所以这个部落是不确定的，极有可能也是虚拟的。 你的任务是把它变成一个确定的、真实的世界。"

怎样才能做到这一点呢?

我想，办法无非两种：火烧法和冷冻法。 火烧法可使部落的每件东西，包括四周的风景，都变成陶器、瓷器；冷冻法则可将整个部落变成巨大的冰雕艺术群。 可是，任何一种办法都是危险的：那些活动的身影以及郁郁葱葱的树木可怎么办？ 他们是会死去的啊！

天啊，这竟然是一个不可能完成的任务！

我既沮丧又愤怒，就在高台之上奔跑起来。

麦秆里的世界

我在旷野上走着。

大约是黄昏吧，天，暗下来了。

走走走，不停地走。去往何处？不知道；但我知道，我要去的那个地方在前方。莫非，“前方”是一个地名？

眼前是一条沟，当我一脚踏上沟沿的时候，天，猛地黑了。脚下的路，像受惊的蚂蚱那样，猛地一跳，跑了，把我一个人撂在这暗夜里。正惊异间，地上出现了一张以我为核心的蜘蛛网。蜘蛛网闪闪发光。一个意念对我说：“每一根蛛丝，都是一条路。”

我抬起一只脚，却不知道该往哪条路上落下去。我急得哭了起来。

可能是我的哭声惊动了什么人，从右前方的黑暗中传来一声缥缈的呼喊声，是在喊我的乳名。听上去，是一个女孩儿的声音。由于不知道这是人的呼唤还是鬼的呼唤，我犹豫着，没有回应。这时，从呼喊声传来的那个方向，一道光贴着地皮蜿蜒而来，就像是一条火蛇在朝我快速游来。

正要躲闪，突然，脚下一亮，我站在一条大约有四尺宽的土路上。

路回来了，路回来了！ 我心中一阵狂喜。

面前出现了一个女孩儿。 她有十二三岁，细看，是我小学的同桌桃红。 她穿着红底白花的棉袄，手里攥着自己的小辫儿，扭着身子，甜甜地笑着。 她的身后，站着一排黑色的影子，这些影子像树木一样高大，却看不清它们的模样。 桃红用意念对我说："咱们骑自行车一起走吧。"已经有二三十年没有骑自行车了，我担心骑自行车会摔倒，于是就打算去开车。 我记得，我的轿车就在附近某个地方。

突然，桃红不见了，眼前是无边的白茫茫，脚下的路变成了一座桥，高悬于虚空之上。 桃红呢？ 桃红呢？ 她莫非骑着车子从这桥上掉下去了？！

眼前站着一个老头儿。 这老头儿，胖胖的，白色短发根根直竖，就像是脑袋上扎满了银针的人。 他看着我，指着脚下靠左的那个地方——那是悬崖边上一个圆形洞口——用无声的话语对我说："这是一根麦秆，好多东西卡在里头，你下去，用你的身体把它们顺下去。"那语气很客气，但我知道，这是命令。

我朝那麦秆顶端的圆口看去，这是一个直径大约一米五的管子，感觉那管壁很薄很薄，像是用纸或塑料薄膜做的。 我好奇地往下看，只见那管子——也就是麦秆——装满了干草、枯萎的花朵，以及云朵似的絮状物。 这些东西，或是像尘絮那样晃晃悠悠地挂在管壁上，或是像泛起的泡沫那样虚虚地充斥在管腔里。 这管子——麦秆——深不见底。

这么薄的管子，怎能经得起我的身体？ 我掉下去，岂不是要粉身碎骨？ 再说了，即使里头有东西，但从它们那悬浮的状态看，是支撑不了我的体重的！ 但这是命令，我不得不服从。

我犹豫着，用双手支撑起身体，准备进入麦秆之中。 这时候，那老头儿突然唱起小曲来：

我是蚯蚓下的蛋，
晃晃悠悠在人间。
曾在天上种过地，
还在地下养过蚕。

是咒语、暗语，还是谜语？ 我试探着念诵起来。 刚一出口，我的身子一晃，突然就进到麦秆之中了。

完了，我中了魔咒！

呃，没想到，这薄薄的麦秆竟然很结实，能经得住我的身体。 更奇怪的是，这麦秆内侧有一个一个直立的凹槽，凹槽涩涩的，似乎镶嵌着土石块。 原来，这是一条一条垂直的土路。为了安全起见，我想把这麦秆扳倒，这样一来，我就可以沿着这凹槽往前走。 可是，我无法让这垂直的麦秆横过来，只好用两只脚蹭着麦秆中的凹槽，一点一点往下去。

本来，我觉得这样做会非常痛苦，甚至有生命危险，没想到，当我深入麦秆，就要挨到那些枯草和干花的时候，眼前一亮，枯草和干花突然活了，变得郁郁葱葱，花香四溢。

它们复活了！

我的眼前是一条平坦的、在云雾中渐次展开的土路，路两侧长满绿草开遍野花，花草上挂满闪闪烁烁的露珠。 原来，这些花草——甚至是整个田野——在这里等我。 从它们的表情看，它们在这里等了很久很久，困了很久很久，我的到来使它们得以解放和复活。不但是花草们复活了，连被冻结的云朵和无名絮状物也复活了——我的头顶，无数的云朵在飞；我的身边，一条条小溪在哗哗流淌。

一根麦秆里，怎么可能容纳这么多东西？这里头一定藏着天大的玄机！

仿佛是在解答我心中的疑问，一个意念对我说："麦秆是田野的血管。"这意念是那个老头儿传达给我的。

既然麦秆是田野的血管，那么，我是什么？

哎呀，想起来了：我是一个红细胞，我的任务是疏通麦秆，用麦秆里的能量唤醒并浇灌大地。

啊哈，一切都豁然开朗了：我是带着使命来的！想到这里，我就在麦秆里翻起了跟头。

写作之城

有一台电脑，它太大了，大到无形，我看到的只是它键盘上的一些按键。按键是黑色的，每一个都比乒乓球案子还大。按键在一上一下地动，是它们自己在动。

一张印着黑色汉字的打印纸从某个地方——好像是从电脑后部——徐徐推出。打印纸像大地一样宽广，并且在不断延展。

打印纸上的文字一见光立马像蛾子一样纷飞，瞬间变成它们所指代、所隐喻的东西。打印纸所到之处，涌现出形形色色的人物和各色各样的景致，当然，还涌出一团团烟雾，那是一些隐晦、抽象、不具有形体的诸如情绪或韵味之类的东西。

一个意念说："这是写作之城——写作创造万物。"意思是，这里的一切，包括世间万物，都是这台电脑以写作的方式创造出来的。

我想走进打印纸之中，也就是试图进入写作之城所创造出来的那个世界。动了这个念头之后，我就倏忽一下，置身于打印纸之中了。纸上的文字全然消失，眼前的人物和场景一会儿清晰一会儿模糊，前后并不连贯，譬如，前一个场景是一条小路，接着出现的就是一个房间，毫无头绪，纷乱不堪。

啊，我明白了，我这是一不小心从某个字缝里掉了下去，从上一行滑落到下一行。那种感觉，就像是在读书的时候，目光一晃，读错了行。

停下来，稳稳神。

眼前是一个村庄。一条小路像左盘右旋的绳子，串联起村上一座座高低参差、错落有致的石头房子。

此地怎么如此熟悉!

想起来了，这是一个正在改建和装修的村庄。工程进行了几十年，仍未有完工的迹象，不过，这里已经发生了巨大变化：还是从前的房舍，还是从前的小路，但它们都已被深度改造，变得高度艺术化了。原本是砖木结构的平房，如今变成了两层或三层的青砖楼房，有的房子更高，它们以某种和谐而美妙的方式进行排列，就像是童话世界中的城堡。一栋栋房子，连砖缝都是经过特殊处理的，圆润、清晰，流露出显而易见的设计感和时尚感。村路也是修整一新的，平沙细铺，落满各色花瓣，蜿蜒流畅，五彩斑斓，就像是写在大地上的一笔狂草书法，又像是画在大地上的一幅风景画。

我走进村上一户人家。

感觉这是我表哥家，唔，又不太像。隔着大门，我看见院子里有一男一女，他们似乎没有看见我，当然，也可能是看见了，却没有跟我打招呼的意思。他们面容模糊，低头做着手头的事情。我猜想，他们是在剥豆子，细看，却是在薅草。特别是那个女人，她蹲在地上，双手不停地做着薅草的动作。有意思的是，明明是在薅草，可青草却从她的指缝间汩汩地往外流淌，她薅过的地方青草越来越旺。

这个场景，我好像在哪里见过。 这难道是电脑——写作之城——写出来的一篇回忆性散文？ 也就是说，此刻我正置身于这篇散文所描写的某个劳动场景之中。 但问题是，如果这是一篇回忆性散文中的场景和细节，它又为何如此荒诞？ 哦，一定是电脑出了故障，误把插秧写成了薅草。

唉，也难怪，连人的记忆都会出错，何况是电脑。

就在我分析着眼前这个情景的时候，突然，从屋檐下跑出来一群小孩儿。 一开始是两三个，后来是七八个，不大一会儿，就黑压压一片。 他们的身材一般高——三尺来高——长得一模一样，都生着水滴状的脑袋，眼睛占据了整个前额。 他们傻呆呆地围着我看，却一言不发。

一看便知，这是一群傻孩子。

他们都是谁家的孩子？ 如果是我表哥家的，从前怎么没见过呢？

一个意念说："他们是自我繁殖出来的。"那个意念接着说："这种孩子会无穷无尽地繁殖下去。 他们平时都躲在自己的房间里，你所看到的，只是其中很小很小一部分。"

怎么会凭空出现这么多傻孩子呢？

一定是电脑——写作之城——出了问题。 准确地说，是写作软件出了问题，以至于出现了乱码，这些傻孩子正是乱码变化而来的。

一个地方竟然出现这么多傻孩子，当地人的日子可咋过啊！

一个意念传导过来，是在安慰我："这些孩子每人都有许多套房子，他们的生活没问题。"仿佛在为这个意念插图配画，这时候，我左手边出现了一座像土楼那样的圆形楼房。 这楼房一眼望不到顶，好像是一直通到了天上。 这是为傻孩子们建的，每个孩子一层，他们可以靠收房租养活自己。

这是电脑——写作之城——做出的补救措施。

一个声音说："他们不仅可以活下去，而且活得很快乐。这种快乐，不是当下人类所能体会的。"这句话的潜台词是：这些孩子并不是乱码变成的，而是电脑——写作之城——所创造出来的一种新人类。

我为自己的无知感到羞愧。不过，不安的情绪依然像烟雾一样笼罩在我的心头，挥之不去。

梦在做梦

有一个东西，如同一股气息从我的心窝处钻出来，温温的，软软的，仿佛一只猫，又仿佛一只虫子，爬过我的一根根肋骨，从我左肩膀处拱出去。出去之后，它就像是冬天里的一口哈气那样，飘浮在离我脸部几尺远的高处。我认定它并非哈气，是因为它并未散去，而是变成一个像老鸹窝那么大的云朵，悬浮在我眼前的空间里。

一个意念说："它是梦。"

我竟然能看见梦！

我一边好奇地盯着它看，一边以炫耀的语气对睡在我身边的一个人悄声说："我，看见了梦。"

可能是我的话语惊动了那个梦，它一闪，朝一个墙角躲去。

呃，梦，竟然是一个活物！它如此胆小和害羞！

我继续盯着它看。

那个梦，缩着脖子，蜷着身子，抖抖索索，扭来扭去，它这是在发功，目的是让自己的身体凝聚。我理解它的想法：只有使身体凝聚，变成人形，才好大摇大摆地混迹人间。

经过一番折腾，梦已初具人形，可还是卡在了最后那道工序上。它那已经修炼成人形的身体，丝丝缕缕，漏洞百出，怎么看都还是一团扭结的神经元，无论如何也无法变得像真人一样坚实。不仅如此，它的身体还是显得太轻太轻，一口气就能把它吹起来，其虚拟性质显而易见。看起来，这个梦是由某个概念或某段思绪变化而来的。我由此认定：梦，不可能成为实体，而只能是精神体。

大概是看透了我的心思——梦的洞察力是极强的——察觉出我对它的轻蔑，那个梦抻了抻自己的衣襟，走出藏身的墙角，很深地看了我一眼，带着赌气的神情从我面前大步走过。

不就是一个梦嘛，你兴个什么呢！

梦一定知道我在心里骂它，所以，它那已经跨过门槛的左腿，猛地收了回来。它扭过身来，站在半明半暗的门口，瞪眼看我。我有点紧张，不知道它接下来会以什么方式跟我算账：是冲过来跟我厮打呢，还是用手抓我、用脚踹我？我浑身的肌肉紧绷，攥起拳头，做好了战斗准备。

呃，梦接下来的举动，大出我的意料。

它并没有像我预料的那样对我采取不友好甚至是暴力的行动，而是轻轻地来到我床前，像一只大青蛙，摊着手，瞪大双眼，茫然而无辜地望着我，显得黯然神伤。它的这个举动，反而让我不知所措。

不知过了多长时间——也许只是一秒钟——梦径直爬到我的床上。我以为它会踩到或是压到我的身上，可是，我的身体没有任何感觉。只见它跨过我的身体，朝我床边的墙壁走去。眼看就要碰到墙上了，它一激灵，停下来，悬停在空中。这时候，它满身的触须伸展开来，像春天的藤蔓那样发出芽来，以极快的速度开始延展，像烟雾那样膨胀和生长。眨眼间，急速生长和膨胀的触须，相互穿插、交织、叠加成了一面薄薄的屏幕；随即，一幅幅动画出现在屏幕上：生长的草芽、伸展的柳丝、满池的荷花、纷飞的落叶、飘飘的雪花……这些画面交替出现，循环往复。原来，这是一部以二十四节气为内容的动画片！这部影片中，夹杂着纷乱的人脸和鬼影。

这是梦在做梦。

我为这个发现深感自豪，拍着手，吆喝起来："快看啊，梦在做梦！梦在做梦！"

听见我的吆喝声，那个梦立即凝缩成一个黑影，一闪，奔跑起来。它脚下的路没有尽头，它奔向无边无际的黑暗。莫非我看穿了它的把戏，它只好羞愧地跑开了？哎呀，它很可能是要自杀！

挽救它！

我像篮板前的篮球队员那样，左护右挡，试图拦住梦的去路。就在我与梦迎头相撞的时候，它猛地蹲下身子，从我两腿之间蹿了过去。此时的梦受到刺激，变得异常任性，简直称得上反动，它不仅朝着危险的地方一路狂奔，而且在每一根触须处横生枝节，让一个一个梦像单细胞生物那样快速分裂、生长并蔓延开来。这时候的梦，有了自我繁殖能力，大大小小的梦，一重一重的梦，一代一代的梦，层层叠叠，相互交织，形成无边的网，弥漫在整个空间里。

这样下去怎么得了！

我在黑暗中摸索着，想打开床头灯。只要打开灯，我就能把梦捉住。可是，我摸不到灯，也不知自己身在何处。

一个声音说："你在梦的梦里。"

哎呀，由于一路追梦，我已经深入梦之梦中；如今，连我也不知道自己正置身于梦的哪一重梦里了！

“梦在做梦……唉嗨，梦在做梦！”不知道是我这么咕哝了一句，还是哪个梦在说话。

“梦在做梦，梦在做梦，梦在做梦……”这句话在梦与梦之间传递，无休无止。到后来，它变成了一句口号，所有的梦都在高呼这句口号，满世界都回荡着这句口号。

哎呀，梦，在以这样的方式创造世界！

火浴

黄沙茫茫，一望无际。在茫茫黄沙中有一座山，山前有两棵树。这山，只有十几米高。当我来到山前的时候，发现这山其实是一位秃顶老者。他见我盯着他，就露出羞赧的神色，一边咳嗽一边用意念对我说："这是宇宙墓场。这里的一切都老了——连沙子都是老的。"那语气里，既有无奈又有某种辩解的味道。我立马意识到，黄沙是他身上蜕下的皮屑。

再看那两棵树，一棵是柏树，一棵是松树。说它们是树，是从它们身上的纹路和气味判断出来的。它们曾经是人，是一对兄弟。这兄弟二人活得太久，连他们自己都说不清究竟活了多大年岁。他们不好意思继续当人，就变成了树；不仅变成了树，而且由于过于古老，他们已经失去了树的大部分特征，没有树叶，连枝干也简化到不能再简化的程度，成了两根树桩子。时间为他们镀上了一层金属的颜色，一棵呈青铜色，一颗呈黑铁色，俨然是一对金属工艺品。尽管如此，他们依然试图保留人的身份。在他们的努力和坚持下，总算保留了人的基本形态，各自有两条腿、两条胳膊，还有躯干、脖颈和头颅。此时，兄弟俩站在山下，就像是两个篆体的“大”字。

我突然明白了，他们就是传说中的“人树”；当然，为了体现对他们外在形态的尊重，称他们“树人”也行。那么，究竟是叫“人树”更好一些呢，还是……就在我反复掂量对他们的称呼时，一个声音说：“他们不想活了，想自我了断。”

天啊，怎么会是这样！

不等我回过神来，松树桩子已经扑在柏树桩子上，像吃甘蔗那样咯吱咯吱地吃起来。松树桩子露出比海碗还大、像蝗虫的口器那样的嘴巴，一张一合地咬着、吞咽着。随着松树桩子的吞噬，柏树桩子的头部消失了。随即，一股黏稠的、散发着石油香气的黑色液体从松树身上的一个松节处迸溅而出。这液体流到地上之后，立马被黄沙所吞没。

大概是由于疼痛，那柏树开始扭动，与松树桩子搂抱并扭打在一起。柏树桩子不是真打，而是在挣扎。松树桩子却没有停止的意思，它像一台粉碎机那样，飞快地啃咬、粉碎着柏树桩子，黏稠的黑色液体也随之滔滔不绝地从松树桩子的松节处往外喷涌。

几乎是在眨眼之间，柏树桩子只剩下一个像草帽那么大的树根。松树桩子停止了啃咬和吞噬，挺了挺腰身，朝着天空望了一眼，晃了一下身子，“扑通”一声倒在了地上。

天空猛地一暗，随即，又亮了。

天上出现了一双手。这双手，浑圆、饱满、红润。这双手捧着一只直径大约十米的盘子，盘子上有一支燃烧的蜡烛。细看，并非蜡烛，而是一个状若蜡烛的白色光柱。这光柱，把整个天空都照亮了。在那耀眼的光焰背后，有一件像天空那么大的天蓝色大氅在微微轻扬。

就在我惊讶地凝视天空的时候，一滴一滴黏稠的火从盘子的边缘处往下滴。那火，正好滴在松树桩子和柏树根上，松树桩子和柏树根“轰”的一声燃烧起来。火光蔓延，遍地黄沙也燃烧起来。大地就像是烈火中的一张硬纸片，燃烧着，翻卷着，随即成为一团巨大的纸灰，在漫天火光里飞旋着向天空飘去。

天上的盘子开始变形，变成一个巨大的花萼。与此同时，地上飞旋而上的火与盘子里的火聚拢在一起，在那花萼之上形成一个果壳状穹隆。这穹隆，通透、辉煌、明亮、静谧，无边无际。

一切都是新的。天空明亮、宁静、单纯，就像是婴儿的眼睛。山川一碧如洗，云朵奔跑着，青草流淌着，弥漫着沁人心脾的花草香……

宇宙中回荡着一个空灵的声音：“火浴！火浴！”

幽灵列车

天不亮，有人在楼下喊我。想起来了：今天我要出差，去一个很远很远的地方。

一闪身，我和那个约我的人就到了火车站。奇怪的是，这火车站既没有站台又没有铁轨，眼前这列火车，就像是一条巨大的爬虫弯弯曲曲地匍匐在地上，扑闪着眼睛瞅我。扭头一看，领我来的那个人不见了。

“不好！”我心里咯噔一声，“幽灵列车！”

幽灵列车是一条蟒蛇。当我明白这一点，已经晚了——我登上了幽灵列车，也就是说，我被人拐到蟒蛇肚子里来了。

快逃！

未及动腿，我已出现在一条大街上。天昏地暗，四周的景致却清晰可见。天空闪耀着磷光，街道两旁店铺林立，幌子飘荡。街道上人影幢幢，我知道这些影子是人，却看不清他们的面容。这些人缩着脖子在我身边走来走去，从不跟我搭话，他们彼此之间也不说话。

莫非，我从巨蟒的肚子里逃出来了？

四周的风景，飞旋着向后退去。 啊，我还在巨蟒的肚子里！ 也就是说，我依然在幽灵列车上。 这巨蟒——幽灵列车——被一个人（此人有着无比邪恶的意志和不可遏制的力量）操纵着往一个危险的地方去。 这里的一切，都是那人用魔法制造出来的幻象：所谓街道，其实是巨蟒的肚子，那些街景也都是巨蟒的器官幻化出来的。 乘客们对此浑然不觉，只有我才清楚这一点。

巨蟒——幽灵列车——在悄然潜行。 它的想法是找一个洞穴钻进去，慢慢地消化掉肚子里的人。 它有权这样做——这是那个操纵者对它的奖赏。

天啊！

我呼救，却发不出一点声音。

不行，我要跑，我要唤醒车上的人！

幽灵列车——此时是一条街道——弥漫着昏昏沉沉的气息。这种气息，是操纵幽灵列车的那个人制造出来的，以此来麻醉乘客；而那些影子——被诱骗或是被拐卖到车上的人——此时正意醉神迷地在幽灵列车幻化出来的“闹市”上走来走去。

幽灵列车——此时呈现为一条巨蟒——正以越来越快的速度往那个危险的地方飞驰，我清晰地听见蛇信子伸缩的唰唰声。

一急，我跳出了幽灵列车。

俯瞰幽灵列车，它果真是一条巨蟒，此时正沿着一条深沟蜿蜒前行。 深沟的前方是无底的深渊。

“哎呀，我的儿子！ 我的儿子！”想起来了，我的儿子也在幽灵列车上，我要救他！

一时情急，我伸出手要拽住那巨蟒。

呃，我竟然抓住了巨蟒，并扯下了它的皮。 巨蟒在挣扎，一列青白色列车正从翻开的蟒蛇皮里一节一节向外驶出。

这是真的吗?!

我一边为自己的力量感到惊讶，一边怀疑事情的真实性。这时候，我突然看见我的儿子，他正拿着一个黑色笔记本似的东西——那是平板电脑或是超大U盘——往幽灵列车头部的一个凹槽里插去。

幽灵列车猛地一顿，扭了一下头，带着惊讶、不解、愤怒和无奈的神情，像放屁那样“噗”地响了一声，停了下来。我知道，那个控制幽灵列车的人和他那神魔般的控制力，被彻底降伏和消解了。

成功了!

瞧，是我，还有我的儿子，降伏了幽灵列车和那个恶人!

幽灵列车变回真正的火车，它沿着脚下明亮而平直的铁轨，朝着令人放心的方向欢快地行驶。车厢里弥漫着明艳而舒适的光，模糊的人影立马现出人形，一个个面色红润、眉眼清晰，生动，活泼，有说有笑。

我为自己和儿子感到自豪，就举起右手，打着梆子，吆喝着:“向前! 向前! 向前!”

儿子瞥了我一眼，没有跟我打招呼就转身离去。我心里稍稍有些不快，却依然不停地吆喝着。我以这样的方式为列车提供能量。

一个想法在奔跑

一个虚拟之物突然显现，像芭蕾舞演员那样在大地上跳来跳去，它的名字叫“想法”。

从当时的情形看，那个叫作想法的东西，有十分紧迫的事情要办，它脸红脖子粗，就像一个憋着一泡尿的人通常所表现出来的那样。巨大的能量如同被点燃的火药，瞬间把想法憋成了一个圆球，推着它在地上滚动。滚动，是想法奔跑的方式。

不知道跑了多长时间、跑了多远，此时，想法——那个圆球——累了，趴在地上大口大口地喘气。

我站在高处，把这一幕看得分明。也许是怕被我识破真容、破解了秘密，想法——那个圆球——以极快的速度折叠成一栋大楼。大楼悬浮在离地面几尺高的地方，咬牙瞪眼，蹲着马步，极力证明自己是一个实体而非虚拟之物。它通过闪闪发光的玻璃幕墙，用意念告诉我：这是一栋现代化大厦，里头装着高科技装备和海量的数据。

在完成了这一系列动作之后，伪装成大楼的想法开始闭目打坐。

它似乎陷入了冥想。

这是想法在迷惑我。我看出这一点，是因为大楼顶层——那个占据了整个楼层的方形会议室——意态朦胧，发出明明灭灭的光亮，这光亮，鬼鬼祟祟，躲躲闪闪，显然是在掩饰什么。我立马明白了：会议室是想法的大脑，里头装着它全部的秘密和计划。此刻，大楼顶层传出低沉的“嗡嗡”声，这是深藏于想法大脑里的计划正在运转。从音量和节奏推断，那个计划已经到了付诸实施的阶段。这时候，大楼众多的房间也发出细碎的、有节奏的“沙沙”声。这表明，想法已经把具体行动方案部署下去了，“沙沙”声正是方案们的脚步声。

大楼四周的空气显现出暗红色。这是预警信号。看起来，想法就要或者已经采取行动。

我盯着大楼。

一个外接楼梯从地面上站起来，它弓着身子，像蛇一样贴着大楼外墙往上爬。楼梯发出咯噔咯噔的脚步声。这脚步声也可以理解为楼梯的心跳声——它做贼心虚，显得笨拙而紧张。显然，这个楼梯并不属于大楼，它是一个盯梢者。

一个意念告诉我：想法，其实是一个来历不明的女人。她是偷跑出来的，她的出逃与一桩轰动世界的间谍案有关。她最拿手的是伪装技术——可以伪装成世界上任何东西。

那么，楼梯——那个盯梢者——又是谁？他（从盯梢者的脚步声判断，这是一个男人）偷听到了什么？他又从那“嗡嗡”声和“沙沙”声中破译到了什么？

我盯着楼梯——那个男人——使劲看，此时的他已经镇定下来，故意伸了伸脖子，还朝我瞥了一眼。我知道，这是侦探们的习惯性动作，他是在迷惑我。我依然盯着他，看他如何把情报传递出去。

大楼猛地一晃。

莫非大楼——想法——发现了盯梢者？她会对盯梢者采取什么行动？楼梯——那个盯梢者——是选择逃跑，还是招来军警对大楼——想法——进行围攻和抓捕？

我像是走进了一部谍战片，接下来，有更刺激的好戏可看了。

回

无边无际的油菜花，沿着山岗爬向蔚蓝的天空。我在油菜花丛中行走，身上沾满金黄色的花粉。我看见我的一位好朋友在花丛中的一块大石头上坐着，他的身边，错落有致地摆放着许多石头，仿佛是电影院里的座椅。我走上前去，跟他说：“我梦见了你。”他笑了笑，说：“让我想想你的梦是什么样子。”这是暗语。想起来了，我是来参加一个活动的，而我的这位朋友——他是一个职务很高的官员——正是这个活动的组织者。

一转身，我和一群朋友——他们都是著名作家——来到一个方形水池边上。围绕着水池的是一条口字形水渠，渠里流淌着污水，污水里漂浮着垃圾，渠岸上堆满了垃圾。这些垃圾，有乌黑的沾满油污的棉絮，有浸满污水的酱黄色纸板，有被污水浸泡之后已经分辨不出是什么颜色的手套、衣服、毛巾、帽子等，还有一本被泡得像刺猬似的书。空气中蒸腾着阵阵恶臭，一群绿头苍蝇在嗡嗡乱飞。这是一次笔会，也是征文大赛。参加笔会的人被要求必须从水渠上经过，记住渠里渠外垃圾的颜色和样貌，并判断其价值，写出一篇歌颂垃圾的作品。主题是被规定了的：化腐朽为神奇。

那些作家朋友，似乎并不感到恶心，他们在渠岸上谈笑风生地走着。为了保持身体的平衡，他们一个个像走钢丝那样，伸展双臂，扭动身体，小步快走。我也踩着脚下的垃圾，歪歪扭扭地往前走，一边走一边快速观察和记忆垃圾的形状。我印象最深的是一块吸满污水的纸板，还有一条灰黑色、黏唧唧的棉围巾。

怎么才能写得与众不同呢？

我突发灵感：从某件垃圾现在的样子开始写起，让它一步一步往回变，变回垃圾之前的样子，变成原料，变成最初的物质，譬如，让一条已变成垃圾的棉围巾，一步一步变回到一棵绿油油的棉花，甚至是一粒棉花籽。

我边构思边摇摇晃晃地往前走。此时，已经弄不清在这个口字形水渠上走了多少圈儿，但见水渠上的垃圾越来越多，脚下的路也越来越难走，人们不再嘻嘻哈哈地谈笑，而是默不作声、聚精会神地低头走路。从人们趔趔趄趄的步态看，大家的精力都集中在脚步上，在努力避免摔倒或掉进污水之中。我看见，走在我前面的那些人，臀部和脊梁上爬满了垃圾，他们走起路来，仿佛是一堆堆垃圾在蠕动；再看我自己，从腿脚到胸部，也爬满了垃圾。我大吃一惊：如果继续这样走下去，他们——包括我——都会变成垃圾！

明明是一次笔会，怎么搞成了这个样子！

我的脚步变得迟疑起来。

如果能够像我刚才所构思的那样，沿着与时间相反的方向往回走，我们身上的垃圾——它们是时间带来的——不就会脱离我们的身体，回到水渠上了吗？

我想了想，觉得这是行不通的：这又不是写作，我怎么做得到让时间倒流？

呃，有了！我们是沿着水渠一路走过来的，那么，水渠就代表时间，渠水的流向就是时间的流向。如果转过身去，逆着渠水的流向往回走，我们不就可以回到从前了吗？如果继续往回走，也就不会有这个倒霉的笔会和大赛了。

放眼四周，联想到口字形水渠与方形水池之间的关系，我突然明白了：其实，这篇征文根本就不用写，我们就走在这篇文章之中，只是我们浑然不觉，不仅走错了方向，而且选错了路径——垃圾爬到我们身上就充分说明了这一点。

我的那位官员朋友实在是高明，他竟然为这次笔会和大赛设计出了如此别出心裁的方案！

我既然参透了其中的玄机，就猛地转身，朝着与渠水相反的方向往回走，一边走一边大声说："回！"

哈哈，我已经完成了这篇征文的创作。整篇作品，其实也就是这么一个"回"字！

白菜人与夫妻店

一口大陶缸，直径大约有两米，它兀自出现在一块空地上，四周空无一物。如此荒凉的地方怎么会出现这么一口大缸呢？我正在疑惑，从陶缸里忽地站起一个人来。从体格上看，这是一个男人。此人浑身上下白乎乎的，就像一个正在上釉的人形瓷胎。缸里盛满酸奶状液体，四周弥漫着浓郁的酸香味儿。

一个女人蓦然出现，她以一种稍显夸张的、舞蹈似的采摘动作从那男人身上揭东西。她揭下的是白菜叶。再看那个男人，浑身披着白菜叶，看上去就像是满身羽毛的羽人。白菜叶根部是纯白色的，叶片为翡翠绿，十分鲜艳和美丽。那女人，从男人的肩膀处开始揭起，一片，一片，慢慢地揭。揭下一片之后，原先那个地方立马长出新的白菜叶。啊，我明白了：这人其实是一棵白菜，也就是传说中的白菜人。他出现在大缸里，就是在腌制白菜。这是一种失传已久的腌制工艺，前不久才被挖掘并复原出来，属于非物质文化遗产项目。

白菜人缓慢地转动身子，主动配合那个女人，身上的白菜叶生生不息，层出不穷。我看见，他的裆部，白菜叶子格外鲜艳，也格外肥厚，看上去就像是某种艳丽而神奇的菌类。大概这个部位的白菜叶品质最好、最值钱，那个女人在采摘的时候，显得格外用心，甚至带着一种崇敬感。

就在那个女人揭到男人臀部的时候，男人将自己肥大的臀部猛然撅起，发出一阵有节奏的放屁声。原来，这屁和随屁而来的东西是调料，吃白菜的时候，蘸着它，味道会更加鲜美。

啊，我知道了：这是一个夫妻店，他们是在卖自己的肉。

这是专利技术，并且涉及个人隐私，怎么就让我看到了呢？我突然不好意思起来，真想把刚才目睹的一切统统忘掉！但是，既然已经看到了，又怎能忘掉呢？那么，接下来该怎么办：是买下一片白菜叶呢，还是走开？我一时拿不定主意。

密码

我拉着一只密码箱从外地回家去。

这只密码箱不仅装着我的行装，而且负责为我导航。按照设定的程序，隔一段时间，我就必须念一遍密码，否则，它将停止导航。在一个十字路口，我因为某件事情分散了注意力，没有及时念密码，更要命的是，我突然忘记了密码，于是密码箱失去了导航功能，我因此也就迷路了。一恍惚，连密码箱也不知跑到哪里去了。它大概是生我的气，自己跑掉了。

我站在十字路口，远远看见大约是西北方向——当然，也可能是东南，甚至可能是北方，谁知道呢——有一片房子，我决定朝那里去。一转身，我就到了。这是一所学校，而且是一所著名的高校。不知道怎么回事，我径直走进了一间屋子。这屋子，差不多有两百平方米那么大，里面有一个女孩儿，她看上去有二十多岁，皮肤白皙，落落大方。她从椅子上站起身，微笑着，示意我到她身边去。我知道，她是一位教授，而且是博士生导师，这是在她的工作室里。“这么年轻就当上了博士生导师，太不简单了！”我心里感叹着，不由得对她产生了崇敬之情，甚至有些敬畏。她却一点架子都没有，一直盯着我看，微笑里含着一种暧昧的意味。

我知道，她对我有好感，甚至已经爱上我了。于是，我就靠上去，我俩肌肤相亲。不过，我的心里依然保持着对她的崇敬甚至是敬畏之情，不敢有进一步的行动。她闭着眼，似乎也很享受这种感觉。

突然，窗玻璃上贴着一张脸，是男人的脸。我知道，此人是这个学校的老师。从他的眼神看，他对于我跟这个女人的关系十分嫉妒，对我充满了敌意，接下来，他要采取某种可怕的攻击行动。

我转身就跑。

当我跑到学校大门口的时候，看见一个男人正蹲在离校门不远的地方大声点名。那人边点名边说："我知道你们这些家长来这里是干什么的，被我点到名字的，必须站出来！"原来，这所学校正在进行艺术生考试，那些家长都是来活动的，也就是在帮助考生舞弊。

我担心那人点到我的名字。可是，没有。不过，那个试图攻击我的男子正在追过来，我继续逃跑。

一闪身，我跑到了一条河谷里。河谷蜿蜒曲折，流水潺潺。跑了没多远，突然，一辆巨大的卡车朝我开过来。这卡车，足有十层楼那么高，长度像火车。我吓得仰面倒地，心想："这下可完了！"呃，巨大的轮胎擦着我的鼻尖碾过去，竟然没有轧到我！原来，这河谷其实是一个巨大的车辙，车的轮胎比河谷——车辙——还宽，被棚架住了，所以也就没轧到我。

我转身就跑。

没想到，我跑着跑着竟然又跑回到那所学校里去了。那位女教师站在学校的甬路上，手里拉着一只黑色拉杆箱，那正是我的箱子。

我的箱子怎么跑到了她的手里？ 我正要发问，她却通过意念对我说：“刚才是一个梦。 那个梦，是密码造成的。 如果你能想起密码，就能从梦里走出来。”

我不明白她的意思，于是就弄不清是否在梦里，只好呆呆地站在那里。

头版头条

报社领导交给我一项任务：写一篇通讯，字数在 8000 字左右，要刊发在头版头条。指示是通过意念传达给我的，说这是上级的命令，必须执行，不得有误。

没有新闻线索，没有背景材料，甚至不知道采访对象是谁，更要命的是，根本没有搜集素材和采访的时间。领导的意思是，今天上午下班之前务必赶出稿子，而现在，离下班时间顶多还有一个小时。我坐在写字台前，急得浑身冒汗，脑子里一片空白，却不得不在一页白纸上划拉着，连我自己也不知道写的是什么。

一个同事出现在我身边。他比我年轻许多，是领导身边的红人。他瞪眼看着我面前的白纸，我知道，他是来监视我的，同时也有看笑话的意思。他的出现，使我更加焦急和紧张，连手指头都冒汗了。

没想到，我手指上的汗水，竟然化作一行行乳黄色的汉字，迅速铺满了稿纸。铺满汉字的纸张，一张一张涌现，不仅铺满了桌子，而且从桌面上起飞，如同鸽群，飞满了整个空间。

怎么会这样！

我暗自惊叹，又手足无措。

这下子，可是闯下大祸了！那些文字，虽然是从我的指头流出来的，却全然不受我的控制，谁知道它会表达什么呢？汗水是肮脏的，既然这些文字是由汗水变化而来的，那么，这篇通讯的行文和主题肯定有问题。这样的东西，如何交差？我想看看飘浮在空中的稿子究竟写的是什么，但怎么也看不清。我急得想哭。

一眨眼，稿子不见了，眼前出现了一张报纸。我首先看到的是报头，接着是报头下方那个大标题。标题异常醒目，用的是我的手写体。我的稿子，上了头版头条！你看它，洋洋洒洒，头版没发完，转到二版，总共占了一又三分之二的版面。

稿子不仅通过了审查，而且这么快就刊发出来了。唉，总算交差了！我长长地吁了一口气，如释重负。

我带着完成任务之后的轻松、喜悦和幸福的感觉，盯着那张报纸看来看去。我突然发现，这篇通讯的作者一共有五个，其中有负责监视我的那位同事，却没有我的名字！我的心，一下子揪了起来。

我既生气又紧张。

此刻，我手书的那个标题，就像是被抓捕的犯人那样，神色慌张地望着我，满脸无辜，十分无奈。我忍不住把眼睛贴在版面上，一个字一个字地读。啊，行文完全不是我的风格，部分内容似曾相识，但更多的内容却十分陌生。段落与段落之间的文字，挤挤扛扛，吹胡子瞪眼，仿佛随时都可能发生殴斗。这不是我的稿子！不是！莫非有人利用我的结构和部分素材，进行了大幅度改写？但由于我不清楚自己那篇稿子的具体内容，也就无从比对。

这究竟是怎么回事?

真相也许是这样的:领导在把任务下达给我的同时,为了保险起见,又布置给了其他几拨人。 最后,由操作员把这些人的稿子输入 AI 编辑机,并下达一个主题指令,一篇完全符合要求的稿件就产生了。

我一边猜想,一边盯着这个版面。 突然,版面开始收缩,眨眼间,变成了一个一尺见方的长方形金属叶片。 这叶片,闪闪发光,带着青铜的质感,却依然是报纸的样子。 它成了一件艺术品! 由此可见,领导对这篇通讯和这个版面是十分满意的。

一只黑漆盒子凭空出现。 这是一种罕见的漆器,它是活物,通体焕发着高贵的暗光。 我隐约感到,它肩负特殊使命,有着无比坚强的意志,不过,此时它并未流露出什么。 看起来,这个盒子城府极深。 就在我仔细观察的时候,盒子突然打开,那张金属报纸飞起来,飘进盒子中,盒子随即合上。 至此,那张报纸完成了最后一道工序,上升为一件殿堂级藏品。

一篇通讯和一张报纸,竟然可以变成这个样子!

就在我惊叹着的时候,虚空中出现了一张白纸。 我知道,新的任务已经下达。

一个孩子和无数个妈妈

小男孩儿站在十字路口，他有五六岁，拉着一个像海碗那么大的拉杆箱，箱子的形状像蜗牛壳。

看样子，他是走在上学的路上。

小孩儿的面前出现了一个女人。这个女人三十几岁，身穿职业装，显得十分干练。她蹲在那个男孩儿面前，对他说：“我是你的妈妈，喊妈妈！”那孩子笑了，有点害羞，但还是脆生生地叫了一声：“妈妈！”从那孩子的表情看，他很开心。这个女人应该就是他的妈妈，只是他们母子好长时间没有见过面了。

一转眼，那个男孩儿的身后又出现了一个女人。这个女人微胖，穿着连衣裙，卷发。她弯着腰，对着孩子的背影，大声说：“我是你的妈妈，喊妈妈！”那孩子转过身来，看了看她，笑了笑，叫了一声“妈妈”。但从那男孩儿的表情看，他知道这是在开玩笑，此人并非他的妈妈。当然，也许是他的干妈。

又一转眼，在那个男孩儿的左侧，一个看不见的地方，传来一个女人的声音：“我是你的妈妈，喊妈妈！”男孩儿朝声音传来的方向看去，眼神里充满了迷茫，他犹豫了一下，叫了一声：

“妈……妈。”

接着，在那个男孩儿的右侧，一个看不见的地方，传来一个女人的声音：“我是你的妈妈，喊妈妈！”男孩儿朝声音传来的方向看去，眼神更加迷茫，他犹豫了更长时间，试探着，叫了一声：“妈……妈？”

突然，四周的野草、树木、土块和石头都叫了起来：

“我是你的妈妈，喊妈妈！”

“我是你的妈妈，喊妈妈！”

…………

那些声音越来越响，而那个男孩儿的应答声也变成了一声声急切的呼唤：“妈妈，妈妈，妈妈——！”显然，他已经弄不清谁是他的妈妈了，他在通过呼喊，寻找自己的妈妈。

伴随着一声声喊叫，那个男孩儿在十字路口转起圈来，越转越快，就像是一只小小的陀螺。

路在赶我

我走在平坦的山顶上，四周空旷，杳无人烟。

没有路。 我的脚下，是伸向四面八方的石头坡。 从石头坡的表情上看，它之所以出现在这里，是因为它也很迷茫，不知该往何处去。

“我的路呢？”我咕哝了一声。

“我的路呢……我的路呢……我的路呢……”我的声音像涟漪，在无边的虚空里回荡。

“你走过的地方才是路。”

是谁在说话？

声音来自我的身后。 我突然感到尾骨那里麻麻的，似乎有一群蚂蚁在爬。 扭头一看，哎呀，尾巴，我长出了尾巴！ 刚才那个声音，就是尾巴发出来的。

好端端的一个人，怎么就长出尾巴来了？

我捧起尾巴，发现它其实是一团粗细不等的线条。 这些线条，有的直，有的弯，有的是土灰色，有的是青绿色，有的是天蓝色，发出阵阵土腥味和水腥味，以及无法形容的混合气味。

那尾巴，看上去十分清晰，似乎可触可感，事实上，却只是一个影像。一个意念说：这都是你曾经走过的路。

“我走过的路，竟然一直在跟着我？或者说，它们找到了我？”

没人回答。

我晃了晃尾巴，呃，它竟然可以轻松地舞动！

起风了。我的尾巴丝丝缕缕向上飘起，宛若水中的花丛。

我是人，却长着一条尾巴，这多么令人难堪！可是，已经这样了，又有什么办法呢？四下无人，我也就不怕被人笑话了。来吧，我的讨厌的尾巴，闲着也是闲着，咱们玩儿吧！我弯下腰来，像跳锅庄舞那样捧着尾巴在山坡上跳起舞来。

伴随着舞步，我的尾巴——那些五颜六色的线条——朝着四面八方伸伸缩缩，轻盈地飘展开去。飘着，飘着，我尾巴的顶端，开出星星点点的花来，并散发出花草的香气。

突然，飞来一大群蜜蜂。

这些蜜蜂，一个个有拳头那么大，我看得清它们的复眼。这复眼的每一只小眼睛都是一面镜子，映现出花朵和蜂蜜的影像。蜜蜂们扇起的风吹动我的头发，蜜蜂们的翅膀扑打着我的脸。我怕被这些蜜蜂蜇到，就放下尾巴，抱头鼠窜。

蜂群在追我。其中有一只像无人机那么大的蜜蜂——它是蜂王吧——飞过我的头顶，在前方引导着我。啊，我明白了：这是我的尾巴——我曾经走过的那些路——通过招引蜜蜂的方式来为我指路！

我跟着那只巨蜂奔跑起来。我的尾巴飞扬起来，就像是一面猎猎飘扬的旗帜。

突然间，脚下一动，我打了个趔趄。原来，我脚下的山顶也奔跑起来啦！

蜜蜂嗡嗡，风声呼呼。我的尾巴成了鞭子，高高飘起，又轻轻落下，不停地拍打着——抚摸着——我的屁股。

“路在赶我，路在赶我！”我一边大叫一边骑着山——也就是大地——飞跑，飞跑，我已经停不下来啦！

卖蝉声的人

一个又瘦又高的男人，在田野上走走停停。他的右手高高举起，眼睛朝右后方天空望去，像一个放风筝的人那样，右手一摆一摆。他的手上，牵着一朵粉红色的云。

云朵吱吱地叫着。这云朵，其实是一只蝉。

眼前这个人，我认识，他是一位诗人。

他很穷，裤子破得露着裆。他已经没有任何东西可卖，只好变卖蝉声。他把我视作有可能购买蝉声的人，所以就当着我的面操作蝉声。他先是把蝉声进行定向，只朝着我响，其他人都听不到；接着，他开始调整蝉声的音量并选择曲调。

卖蝉声的人像纺棉花那样做着一系列动作，手忙脚乱，满头大汗，那蝉声时大时小，不断地变换曲调。我听不懂，于是就不能确定是否要购买蝉声。

一支一支曲子听下去，不知道过了多长时间，我的耳朵里传来一支熟悉的曲子，我情不自禁地随着这曲子哼唱起来。没想到，刚一张口，我的身体突然离开地面，朝着天上那个云朵飞去。等回过神来，我已经在那云朵之上，与云朵一起吱吱尖叫。

一个声音说：“唱吧。 云，是大地的回忆。”

这是什么意思？ 难道我天生就是一只蝉，保存着大地的记忆？ 或者说，我原本也是一个变卖蝉声的人？

没人回答我。

我吱吱地叫着，试探性地，叫着……

无脑人大会

我乘朋友的车去一个地方参加活动。到了那里才发现，活动在两个地方同时举行，一个是主会场，一个是分会场。但哪个是主会场、哪个是分会场全凭自己判断，也可以理解为主次不分，有点像是量子纠缠的状态。

我们先去的那个地方是一个小城，地名好像叫“新乡”。那里有很多人，人们在一个像足球场那么大的空间里走来走去，每人手里都端着个像茶杯似的东西，像是在喝，又像是在吹气，或是在闻香。开车带我来的那个朋友，显然跟这里的人很熟，他跟每个人碰杯，并热情地打招呼。看起来，这是一个俱乐部，他是这里的常客。

我既羡慕又疑惑地看着我的朋友。这时候，他朝我走过来，说：“我要在这里住一些日子，等活动结束的时候，你自己想办法回家吧。”事先没弄清楚活动的组织方是谁，也没有具体联系人，所以，听朋友这么一说，我突然紧张起来。

一紧张，我出现在了另一个活动现场。

这是一个村子，活动在礼堂里进行。说是活动，其实就是聚餐。礼堂里摆满了一个一个大圆桌，桌边几乎没人，人们都挤在房檐下，看上去就像是一大群蝙蝠。人们彼此很熟，在嘴对嘴地说着话。

莫非这是聚餐前的一种仪式？

这里的人我一个也不认识。他们的脑袋既小又尖，只有普通玻璃水杯那么大。就在我四处张望的时候，屋檐下的人们像一团烟雾忽地一下进入礼堂，围坐在了桌旁。我想在桌旁坐下来，一个生产队长模样的中年男人冷冷地看了我一眼，他的意思是：这里没你的座位。我疑惑地四下探看，发现每张桌子四周都坐满了人，真的没有空余位置了。

我走出礼堂，在村子里转悠，一边走一边琢磨如何回到第一个会场去。我觉得，既然是活动，就一定有会务组，一定有接待人员，找到他们，就能解决我回家的问题。

我来到村中的一条岔路口。本来，我觉得自己走在一条正确的道路上，在这个岔路口，我突然迷茫起来。我知道，如果走错了路，不仅到不了我要去的地方，甚至连村子都出不去。

我停下脚步。

右侧有一个浅浅的池塘，它是干的。池塘里有一个男人，五六十岁的样子。我朝他走去，想向他问路。他看了我一眼，端着一个搪瓷缸子继续喝水。原来，这池塘边上有一股细细的清泉，他是在接水喝。他像是敬酒那样朝我举了举搪瓷缸，我说："我不喝水，我想回家。"

他说："我知道你为啥迷路——你的脑子里有一个洞。"

听他这么一说，我觉得我的脑袋猛地一轻，变成了一个空核桃。随即，一种瞌睡的感觉强烈地袭来，脑子开始迷糊起来。我分明看到——其实是感觉到——我的脑子里有一个像成年人的拳头那么大的洞，这大概就是我迷路的原因。这时候，我突然想起此次活动的名称：无脑人大会。原来，这是一次医疗活动，参加活动的人都是患者。

我知道，凭借自己的智力，我是无论如何也回不到家了。

我决定借助外力，也就是求助家人。我伸手往衣服兜里摸手机，哎呀，我没有手机！

想向人借一个手机给家人打电话，可是我没有记住老婆和儿子的电话号码。当然，也许是把他们的手机号码忘记了。

这都是我脑子里的那个空洞造成的！

呃，有办法了：可以租一辆车把我送回去。

想到这里，我又去摸手机。依然是没有找到手机。我的钱都在手机里，没有手机就等于没有一分钱。没有钱，怎么打车呢？我焦急而懊恼地在那个岔路口上走来走去……

在楼上

眼前是一栋楼，不高，四五层。这是老式洋楼，依稀记得是我们单位办公的地方。

当我来到大约是——应该是——楼房大门的地方，突然发现，这栋楼没有门。没有门，怎么上楼呢？看见一根绳子从楼上垂下来，哦，我明白了：这就是楼梯。这说明，在我离开的这段时间里，单位发生了很大变化，连上楼的方式都变了。

我背着一个圆形包袱。背着包袱上楼，我的力气不够，可是，如果不背包袱，别人把我的包袱拿走了可怎么办？我犹豫了一下，决定背着包袱上楼去。

我拽着绳子往上去，包袱在背后拽着我，我悬在半空中。一个女人在楼上看着我，她神情平静，甚至有点幸灾乐祸。后来，我还是上到了楼上。在一个空荡荡的房间里，有几个农民工模样的中年男子正在议论某件事情。从他们的神情和一言半语中判断，他们的话题与我上楼这件事有关。

眼前是一间又一间毛坯房，没有装修，却已经有点老旧了，地上满是尘土，空间里到处都是蜘蛛网。这个空间让我感到陌生，在这里我无事可做，于是决定下楼去。

我朝楼下看了一眼，连那根绳子也不见了，这可怎么下楼？我看了看周围，发现有一个中年妇女正在下楼，她的胳膊和腿就像是四条皮筋，可以任意伸缩，她的身体也可以自由延展。只见她双手抓住上一层楼的地板，身子朝楼下一翻，胳臂瞬间被拉长，双腿甩来甩去，然后用双脚粘住下一层楼的走廊，就这样，三下两下就下去了。我惊奇地看着她，想学习她下楼的方式，可我知道自己没有她那样的胳臂和腿脚，照此去做，肯定是会摔伤甚至摔死的。

怎么办？

我决定抱着柱子，一点一点往下蹭。快到地面的时候，我突然想起包袱还在楼上，于是决定继续上楼去。

我想找到当初上楼的那根绳子，找来找去，还是没找到。

就在我茫然不知所措的时候，从右侧——也就是南方——走过来一个年轻女孩儿，我隐约记得在哪里见过她，知道她是一位诗人，就大声地背诵了一段文字，并自言自语地说："这是一篇品位极高的作品。"我是在讨好她，目的是问路。她当然不了解我的用意，就很高兴地看了我一眼。我突然认出来了：她竟然是我的同事。我向她打听这楼房的大门，她笑了笑，指了指右侧。我朝那里走去。

呃，果然是大门！这门，像是一座牌坊，雕梁画栋，十分排场。人们从大门进进出出，一个个昂首挺胸，气宇非凡。

不知道是怎么上到楼上来的，此时，我坐在一个露台上，身边是一位大作家和另外几个人。我得到这样一个信息：这位大作家为刚才我见到的那个女孩儿争取到了五十万元——也可能是一百万元——赞助金。眼前这几个人正在议论此事，其中一个人说：“这些钱会毁了诗人，因为金钱会限制人的想象力。一个诗人，没有了想象力，还是诗人吗？”大作家白了那人一眼，没说什么。现场的人们都默不作声，大概是陷入了沉思。

我突然明白刚才那个女孩儿——我的同事——为何如此兴高采烈，原来，她是走在取钱的路上。

有一个男子——也是一位诗人——对那位大作家说：“我去过她家，她家在大海边上，风景美极了。”另一个人说，他也去过，那里太阳很亮也很热，能把石头晒成沙子，那些沙子都是金子，所以，她——那位年轻的女诗人——并不缺钱。说到这里，刚才说“金钱会限制人的想象力”的那个人，搔了搔头皮，不好意思地说：“我没去过那里，我也想去看看。”大作家又白了他一眼，不吱声。

我突然想起自己的包袱，就急忙离开这些人，一个房间一个房间地找。当我背着包袱正要下楼的时候，却怎么也找不到楼梯，连那个大门也不见了。我吆喝起来，却无人应答……

录音石

身边有好几个人，都是我的熟人，一个个看上去生龙活虎，可是他们的身体却不是真实的肉身，而只是一些活动着的影子。这是空间造成的——任何东西到了这里都会发生错位，并变得虚幻。

一个男人推着一辆火锅店里送菜的那种平台车朝我走来，车上放着一块石头。这石头，形状很像人头，却比真实的人头大了约莫两三倍。它叫录音石。它的出现，是为了记录我的思想。

眼前的空间，光线幽暗，像一个巨大的溶洞，飘着丝丝缕缕的飞絮。我知道，这些絮状物其实是神经元。这充分证明，录音石威力巨大，它可以使空间扭曲为一个头颅；或者，这里原本就是录音石的影子投射出来的虚拟空间。

啊，我终于明白空间的错位感是怎么产生的了！

我盯着录音石看。

一柱光线打在录音石上，录音石是肉黄色的，具有肉的质感，颤颤的，酷似太岁。

录音石沉默着，而我却焦急起来：不是要记录我的思想吗？它怎么不发问？

显然，录音石是在等我说话，等我主动说出自己的思想。

我不知从何说起，也不知道哪些话可以代表我的思想。

录音石依旧沉默。

从录音石古旧的颜色看，它曾经记录过我的思想，不过，那一定是很久很久以前的事情了。我用意念对它说："给我放一段我的思想。"我的意思是：给我一点启发，以便我说出当下的思想。

录音石突然响了起来，可是，它结结巴巴，不成句子。特别令我难堪的是，那语音竟然是一种古怪的方言，拖着虫鸣似的尖细的尾音。录音石是在捉弄我。当然，也可能是因为时间过去得太久了，录音石里的东西发生了霉变，这才出现如此古怪的音效。

熟人们围拢上来——其中有我最喜欢的女朋友——他们伸着脖子，看一眼录音石，看一眼我，挤眉弄眼，露出嘲弄的眼神。

我大窘，一种巨大的屈辱感使我不顾一切地放开喉咙，对着录音石滔滔不绝地说说说。

我的声音很高，却并不是在表达自己的思想——我已经没有思想——而是在背诵一篇很重要、很伟大的文章。

伴随着我的背诵，录音石不断膨胀。文章太长，似乎没有尽头，所以，录音石就像是一只被不断触动的癞蛤蟆，膨胀，膨胀，不断地膨胀，眼看就要爆炸了……

献祭

我到阿利家串门。 阿利是我大学同学，我们两家关系特别好，到他家就像是在自己家里一样随便和自在。 我来到他家的时候，他的女儿也在，一家人躺在一张巨大的床上。 那床差不多有一间房子那么大，锅灶就支在床边，锅里冒着白烟，像是在做饭。

阿利的女儿抱着自己的孩子坐在被窝里，那孩子看上去是个男孩儿，有八九个月大，还不会走路。 孩子又白又胖，大大的脑袋，乌黑的头发，圆圆的眼睛，精神极了。 我太喜欢这孩子了，就伸手将他从阿利女儿的怀里抱了过来。

我逗着孩子，他咯咯地笑着，我们都开心极了。 突然，孩子一蹬腿，猛地向上一蹿，就像一条挣脱的鱼儿那样飞身而起。我悚然一惊，伸手去抓，没抓住，他一个倒栽葱，撞到了锅沿上。 孩子的脖子齐刷刷地断了，他的身子倏然不见，头却滚落到了沸腾的锅里。

“我的妈呀！”我跳起来，惊叫着。

我伸手想把孩子的头从锅里捞出来，但锅里的水沸腾着，冒着冲天的热气，我的手碰到了孩子的头，却捞不上来。那孩子的头在锅里上下滚动，脸蛋和头发上沾满明晃晃的水泡，一双大大的眼睛愤怒而悲伤地瞪着。

就在孩子的头掉进锅里的一刹那，阿利受到惊吓，猛地拉起被子蒙住头，哧溜一声钻进了被窝，他的女儿——孩子的妈妈——则绝望地闭着眼睛重重地躺倒在床上。父女俩没有喊叫，没有说话，但我知道，他们绝望极了，是真正的悲恸欲绝。他们绝望的神情，让我更加羞愧和紧张。

“这可咋办！这可咋办！”我既焦急又悔恨，搓着手，在锅边团团转，欲哭无泪。

我想找人帮忙，或是跟家人联系，可是一摸手机，不在。

孩子出事的消息已经传开，孩子的姥姥带着一大群人——都是他们的亲戚朋友——像无边的乌云滚滚而来。孩子姥姥的脸，浮现在乌泱乌泱的人群之上，煞白煞白。人们都是来吊唁的，压抑、悲伤的气氛使空气都变黑了。

我不敢也没脸见孩子的姥姥，于是就夺门而出。我要回家，找家里人来帮助处理这个事情。

一闪身，我来到一个院子前。这是一个带围墙的大院子，围墙比树顶还高，楼门前，一辆豪华轿车闪耀着蓝宝石般的光芒，一看便知这是一辆价值数百万的名车。这时候，从右后方的车门里出来了一个瘦高个子男人，他穿着一袭银灰色西装，戴着金边眼镜，气宇轩昂地朝那个院子走去。突然，我的一位老朋友从院子里走出来，从他的目光与表情上看，是来迎接这个从车里下来的大人物的。啊，这里竟然是我老朋友的家！我像遇到救命稻草那样，冲上去，大声呼叫他的名字。他没有应答，而是冷冷地问了一声：“谁啊？”我既生气又焦急，就大声说：

“连我的声音都听不出来了！”院子的主人用陌生的眼神看了我一眼，没有跟我说话，而是微笑着拉住从车上下来的那个人的手，朝院子里走去。

我失望地沿着院墙外头的那条路走开了。

天色将晚，我走在一条乡间沙土路上。路不宽，仅能容下一辆车，路面歪歪斜斜，路两边，树木的影子像是用炭条画出来的。路上没有一个人，路两边是野地，显得十分荒凉。一转眼，我置身于一个小镇上。这里像是二十世纪七八十年代的乡镇。在一条街边，我看到一间一间门面房，有的亮着灯，有的黑黢黢的。我想从镇上乘车回家，却找不到车站，于是就朝一扇亮着灯的窗户走去。窗户开着，里头坐着几个人，他们围在桌边，像是在吃饭。我对他们说：“我要回家。”其中一个人扭过头来问我：“你家在哪儿？”我支支吾吾地说不上来。那几个人朝我看了一眼，彼此交换着眼色，意思是：这是个疯子。我也觉得自己疯了——是被刚才那个事情刺激疯了。

我羞愧地离开窗口，回到街上。刚来到街上，我突然想起来了：我的家在郑州！于是，我转身又往那个窗口走去，我要继续问路。等我回到那个窗口的时候，那里已经没人了。我发现一扇木门，关着，推了推，没推开。我猛地一用力，门开了。透过昏暗的光，我看见屋里一把木椅上端坐着一个人，看不清此人的脸，从体态上看，这是个中年男人。我正要向他问路，突然听见我爱人和孩子的说话声从不远处传了过来，我的心里一阵狂喜：有办法了！

我来到街上，可依然是只闻其声不见其人，于是就不能判断他们所在的方位。我一急，就大声呼叫我爱人的名字。这一喊，忽然看见了她。只见她和阿利夫妇、阿利的女儿以及许多许多人一起，抬着那个死去的孩子的头，以巫术般的舞蹈动作十分夸张地抬着腿，一步一步朝我走过来。那孩子的头膨胀得有一米见方，上面涂着一层蜡，那一双曾经明亮的大眼睛，此时蒙着两只碗口那么大的灰白色眼罩。

一个声音说："这是献祭。"

我明白了：一切都是事先安排好的，我不过是其中的一个角色而已。

我依然很生气，也很悲伤：为什么要献祭？为谁献祭？特别是，为什么让我遇上这样的事情？！我想破口大骂，却不知道该骂谁，于是就怒气冲冲地在街上走来走去……

也许……可能……

在宾馆的走廊上，诗人甲和诗人乙相遇了。二人分属不同流派，互不买账，每次见面连个招呼都不打（指着对方鼻子谩骂，算不上是打招呼）。这天，他们应邀参加同一个笔会，本可相安无事，但不幸的是，此刻他们正好从这条走廊的两端相向而行，在走廊正中间迎头相撞，想躲也躲不开了。

就跟往常不得不碰面时那样，他们二人仿若两只愤怒的公鸡，各自高昂头颅，鼻孔朝天，快速地擦肩而过，连眼珠子都不朝对方动一下。可是，这一次，就在他们擦肩而过的时候，诗人甲突然说了一句："也许。"诗人乙说了一句："可能。"这不是在打招呼，而是两人恰好各自想到了一个词，那两个词分别从他们的嘴巴里蹦了出来，这两个词语之间没有任何关联，更不构成呼应关系。

对于诗人来说，喃喃自语原本是很正常的，若是放在往常，那突然蹦出的词语会像哈气那样蒸发掉，什么事情也不会发生，可这一次，却发生了意想不到的变故。可能是因为二人擦肩而过的时候产生了静电，诗人吐出的那两个词语突然被激发，各自获得了生命，它们飞起来，在空中尖叫着，生长、繁衍并且彼此纠缠。

最先活过来的是“也许”。

这个词，在被诗人甲吐出并被激活之后的一瞬间，在空中叫唤起来：“许，许，许多的多。”紧接着，就像点燃的鞭炮那样，这个词以极快的速度往下接龙。它不是正常的接龙，而是像一只咬着自己的尾巴疯狂转圈儿的老鼠，在最后的那个词上突然拐弯。这正是诗人甲惯用的修辞方式。这充分说明，诗人甲是一位先锋诗人。只听得那个词接着往下说：“多，多，多少的少——少，少，少数的数——数，数，数字的字——字，字，字节的节——节，节，节节败退的退——退，退，退化的化——化，化，化作的作——作，作，作文的文——文，文，文明的明——明，明，明代的代——代，代，代替的替——替，替，替身的身——身，身，身体的体——体，体，体悟的悟——悟，悟，悟性的性——性，性，性交的交——交，交，交往的往——往，往，往事如烟的烟——烟，烟，烟雾的雾——雾，雾，雾气的气——气，气，气愤的愤——愤，愤，愤怒的怒——怒，怒，怒气冲天的天——天，天，天空的空——空，空，四大皆空……”

几乎就是在同一个瞬间，当“可能”这个词从诗人乙的口中飞旋而出之时，它在空中叫唤起来：“可，可，可能的可——能，能，能人的能——”这个词也是像点燃的鞭炮那样，以极快的速度往下接龙。所不同的是，这个词语所遵循的是传统的接龙方法。这是诗人乙的用语习惯。由此可见，诗人乙是一位传统诗人。只听这个词语在接着往下说：“人，人，人民的人——民，民，民间的民——间，间，间接的间——接，接，接入的接——入，入，入时的入——时，时，时代的时——代，代，代代相传的代——传，传，传递的传——递，递，递交的递——交，交，交往的交——往，往，往事如烟的往——烟，烟，烟雾的烟——雾，雾，雾气的雾——气，气，气愤的气——愤，愤，愤怒的愤——怒，怒，怒气冲天的怒——天，天，天空的天——空，空，四大皆空……”

至此，“也许”和“可能”在空中死死地咬在了一起，谁都不肯松口。

这时候，诗人甲和诗人乙各自走到了走廊的尽头，他们转过身来，望着依然在空中缠斗着的词语，都觉得应该上去帮助自己的词语，于是他们飞身而起，在空中像猜枚划拳那样伸手比画起来。他们一个口中叫着“也，也，也许的许……”，另一个口中叫着“可，可，可能的可……”

新一轮比拼开始了。

到天上打水

我挑着两只水桶去打水。身边乱哄哄的都是人，我走起路来跌跌撞撞。这里像是一个集市，却又分明是在一座大房子里，有桌子，还有一个一个的柱子，所以，我断定此处是一个茶馆。

在茶馆里肯定能找到水。可是，在这里，不但找不到水井，而且找不到水。

这个世界，已经没有一滴水。

到哪里去打水呢？

迎面走来一个中年大汉，他又黑又壮，扎着绑腿，行走如风。大汉身后跟着一个年轻人，二十多岁，光头。他们的神情疯癫而诡异，与这个世界格格不入。我断定，他们来自另外一个世界。

我对那个汉子说："我想打水。"

他指了指天空，说："水在天上。"

"那么，咋样才能……到天上去呢？"我问。

他朝左侧指了指，说："那里。"

我朝他所指的方向看去，只见有一堵很高很高的墙，一眼望不到顶。奇怪的是，那墙上，通体覆盖着棉布帘子，帘子上有一个一个的布兜，每个布兜的口上都系着一根像布扣那样的绳子。

看起来，我只能踩着布兜往天上去了。

我也知道，这有点不可思议，甚至很危险。但为了打水，我只能如此。

我挑着担子，一只脚踩在一个布兜上，脊梁贴着墙壁——也就是那个巨大的布帘——猛地一翻身，用胸部紧贴布帘，另一只脚猛地飞起，踩在布帘高处的某个布兜上。就这样，我一步一步上到了天上。

所谓“天上”，其实是一个山顶。山太高了，四周所有的山峰都在脚下。一座座山峰五颜六色，如同盆景。那阵势，简直就像是一群头戴彩色头巾的人，正围着一个高大的柱子向上望。

天上——山上——空旷无际，没有一个人，却矗立着一栋栋现代化大楼。这些楼并不高，大约都在十二层以下，金属墙面，落地大玻璃窗，通体辉映着金属的光芒，显得十分豪华。

水，应该就在这些大楼里吧。

我挑着担子在楼外的空地上走着，希望能找到人。只有找到人，才能找到水。

有这么多房子，如果能在这里住下来读书写作该多好啊！我感觉到，这里似乎是天上的寺院，是神圣之地，一般人是无权在此驻留的。我怀着敬畏之心，在一座座楼宇之间的空地上，小心翼翼地走来走去。

迎面走来一群人。打头的正是此前见过的那个年轻人，他的身后有一群人，他们一个个身穿黑色西装，手里拿着钢筋棍，排着整齐的队伍，正伸着脖子看我。那个年轻人没有说话，只是冲我古怪地笑着。我知道，他的意思是：“你打到水了吗？”

一时间，我不知所措。我庆幸自己没有打到水，因为从当下的情形看，如果打到水，很可能会招来巨大的麻烦。

我站在那里一动不动，扁担和水桶不知道什么时候已经丢失。

赶考

临出门的时候，我的额头上沾着一滴鲜红的血。这是吉祥之兆，预示着我一定能考上，而且是第一名。

开车往一个地方去。等我把车开到一个广场上的时候，此处已经停了许多车。啊，竟然还有一个车位，好像是专门为我预留的！

时间尚早，我朝一栋大楼走去。楼上人来人往，我知道，他们都是来赶考的。我跟着一群人朝二楼走去，突然发现，跟我在一起的，没有一个是我的同班同学。心里顿时发毛：我应该跟我的同班同学在一起才对啊，怎么……？难道是我填错了表？哦，想起来了：在填写报名表的时候，当填到“班级”那一栏时，我突然忘记自己是哪个班的，身边又没人可问，就随手填了三（1）班。我想，我应该是三（1）班，因为我是最优秀的。实际上，我可能是三（2）班，也可能是三（3）班、三（4）班，或是三（5）班。

这可怎么办？

我不由得加快了步伐。我要去问问主考官，我的考场究竟在哪里。

跟我相熟的一位校友，从楼下一步跨到了楼上，他转身对我说，他去跟考官说说我的情况，也许可以帮我找到考场。我的心里充满了感激，也充满了希望。

当我上到那个楼层的时候，看见那位校友正在跟一个中年男子说话，从二人的表情看，他们很熟。那个男子应该就是考官吧，此时，他正在大声斥责我的那个校友："不用查，没有！"原来，我的那位校友的身份也出了问题。那个中年男子说罢，转身对我说："我知道你是考生，可这个考场上没你的名字。你应该是在柳林考场，当然，也可能是魔山考场。"

我心里一紧张，就要哭出来了。

从这里往柳林开车要走差不多一个小时，更不用说那个什么魔山了——我根本就不知道"魔山"是个什么鬼地方。从这里去另外的考场需要那么长时间，一切不都晚了吗？更可怕的是，我即使赶到那里，也不能确定那儿就是我的考场啊！

我不甘心。我跑出大楼，跟着另外一拨人朝另外一个地方去，我一定要找到自己的考场。在一个街角处，迎面碰见一个女子。她看上去有二十多岁，白圆盘脸，不算漂亮，我不认识她，她却朝我瞪着眼，跟她身边的人说："他是张鲜明。"我坦然地说："我啊，我是张鲜明。"我的意思是：怎么啦？我有什么问题吗？她恶狠狠地瞪着我，转身就走，一边走一边大声说："我会找到你的罪证！"她在坚硬的水泥地上踏出了一个个深深的脚印。

我心里很坦然，可是，我身边的人却替我担心，他们紧张地看着我。这时候，我突然想起来，当初填表的时候，我所填写的班级信息是正确的，只是我把信息填在了表的背面，所以考官才看不到。 如果能找到那张表，就能查出我是哪个班级的，也就能找到我的考场了。

但问题是：那张表如今流落何处？ 到哪里才能找到它？

拆楼记

那山岭，像一条土灰色的巨蟒在地上蠕动。动着，动着，它突然停下来，抬起头，竖起身，变成了一栋像通天塔那样的大楼。我知道，这是山岭——大地——举办的系列活动的一部分，是大戏中的一场。

楼前聚集着一群人，他们一边惊讶地望着大楼一边议论。从他们纷乱的话语中，我听明白了：这栋楼是由一棵完整的大树雕刻而成的；那棵大树是梦变来的，所以楼的名字就叫“雕梦楼”。

按照剧情设计，接下来应该进入拆楼的情节。

雕梦楼上爬满了人，人们在一个个门洞和一扇扇窗户里进进出出，如同一大群往来奔忙的蚂蚁。这些人看上去像蚂蚁，不是他们太小，而是雕梦楼过于高大的缘故。我混在人群中，刚登上大楼的第一个台阶，突然就看见了雕梦楼里的景象。这栋楼是纯木结构，金丝楠木的柱子一根根矗立着，构成了大楼的四壁，从下往上看，一眼望不到顶。原来，这楼其实只有一层，也就是说，它是空心的。这充分说明，雕梦楼是大地上的一株空心植物。

多好的一栋楼啊，可是，它竟然要被拆除！

我举起手机，想给雕梦楼拍照留念，可是手机屏幕一片模糊，无法聚焦。我反复试了好几次，还是不行。哎呀，这是我的手机过于悲伤的缘故。

我在雕梦楼外围的回廊上走着，楼里头的一个个金黄色木头构件历历在目。我注意到，那些木头上的纹路，其实都是绘画作品。画面上的人物和场景虚虚实实，变幻不息，就像是在播放投影。

啊，这雕梦楼，果然是由梦变化而来的！

那么，如果这楼被拆了，梦会不会也被拆了？如果梦被拆了，它又会是什么样子？

迎面走来一个小个子男孩儿，他又黑又瘦，走起路来歪歪斜斜、跌跌撞撞。为了给我让路，他猛地朝大楼外侧一闪，差点儿掉下楼去。我一把抓住他，这才发现，这是一个虚拟人物。他是从雕梦楼里走出来的，是大楼的一个构件，他正在逃离。

这时候我才注意到，拆楼行动已经开始。这大楼是自行拆除的，这个逃跑者就是明证。这充分说明，一切毁灭都是从自身开始的。

唉，只是太可惜那些金丝楠木了！

我想抓住那个逃跑者——也就是那个木头构件——留作纪念，一看手里，什么都没有。我的眼前是一片虚空，雕梦楼不知道什么时候已经了无踪影。

球上的刑罚

我是一个犯人，被关在监狱里。

这座监狱，没有牢房，也没有围墙，而是一片无边无际的虚空。我当然知道，这里看似虚空，却是逃不出去的——在某个看不见的地方有一条看不见的线，谁触碰到它，谁就会灰飞烟灭。

眼前乱哄哄的，有许多被剃光了脑袋的人——他们都是犯人——在张牙舞爪地表演着，动作很夸张，却看不清楚他们在表演什么。我猜想，大概都是些相声、杂耍、说唱之类的节目吧。我被勒令表演一个节目。演什么呢？我什么也不会啊！可是，这是不可违抗的命令，我只好硬着头皮朝舞台走去。

当我登上那个看似舞台的高台时，突然发现，我其实是站在一个直径大约两米的球体上。这球体悬于虚空之中，我必须双脚不停地动弹才能保持身体的平衡，并使球体产生浮力，免于坠落。

天啊！

我的双腿不停地晃动，努力保持身体的平衡，同时在紧张地思考拿个什么节目出来。如果我只是晃动身体却不表演，那是交不了差的。呃，对了，我就试着玩儿魔术吧。

我的右手在空中抓了一把，然后往嘴巴上一捂，做了一个吞咽的动作，然后往外吹气。本来，我只是在装模作样地变戏法，没想到，竟然从口中吐出了一大串气泡。这些气泡有大有小，大的比我所站立的这个球体还大，小的却像是一粒一粒透明的豌豆。大大小小的气泡，像卫星一样围绕着我所站立的这个球体旋转。转着转着，气泡开始炸裂和湮灭。我看见，那个最大的气泡炸裂之后，在我脚下凝成了一个水滴，这水滴所表达的意思是：悔恨。

我恍然大悟：这种表演，其实是一种刑罚。

我已经筋疲力尽，可是为了保持身体的平衡并使那个球体不至于坠落，我只能像杂技演员那样不停地晃动身体。当然，为了使表演继续下去，我必须不停地吐气泡——这是我的创作手段。唉，如果我吐的气泡足够多而且花样翻新，也许是会被减刑的吧！

我吐出的气泡已经将我淹没，可是我依然在吐着，不停地吐着……

在冥界摄影

我被人请到一座古色古香的茶楼上。这茶楼，每一层都有普通楼房三层那么高。楼里光线黯淡，来来往往的都是一些飘忽的身影。我来此，不是为了喝茶而是为了完成一项任务：拍摄冥界送殡的场面。

一支黑压压的队伍从地平线上浮现，乌云般朝我这里飘移。一大片经幡高低起伏，天地间鬼气森森，煞气冲天。这是一支送葬的队伍，无数黑色的身影抬着一口像云朵一样的棺木，吹吹打打而来。原来，一位尊贵的大鬼死了，鬼界在为他送葬。送葬的队伍里有一个小孩儿，他孤苦伶仃，抖抖索索，看上去甚是可怜。这是一个小鬼。在整个活动中，这个小鬼仅仅是一个道具，他的出现只是为了反衬那个大鬼的富贵和荣华。

邀请我的是茶楼的老板，他兼营送葬生意。冥界送殡，据说是他发掘出来的一个失传已久的传统文化项目。他请我来，是为了给冥界送殡仪式留下一套完整的影像资料，供申报世界非物质文化遗产之用。

一个黑色身影，以极快的速度沿着大楼的柱子——又似乎是陡峭的山岩——往上爬，此人是这场活动的司仪，他受老板委派与我对接。他简直是飞上来的。一开始，只有蚂蚁那么大，转眼间，他的身影越来越大，像猫，像虎，像大鹏金翅鸟，像乌云，当他出现在我面前的时候，俨然就是一块巨石，有十层楼那么高。他是一位诗人，我们彼此很熟悉，此刻他却装作不认识我，以陌生的目光冷冷地看着我。他不跟我打招呼，而是瞬间变成一名武士，黑着脸，扎着架势，比画着一套程式化的动作：掐脖子、抱腿、踢裆……一招一式，有板有眼，步骤分明，显然是在表演。

既然是送葬，怎么会做出这套动作来？是不是演穿帮了？想问，却没好意思问，也不敢问。我疑惑地端着相机，打开连拍模式，“咔嚓嚓咔嚓嚓”地拍着。

随着相机的咔嚓声，一张张照片像燃烧的纸钱，在空中翻卷、飘飞，瞬间不见了踪影。

怎么会是这样！

我既惊讶又生气。那个老板还没有支付我拍摄费呢，竟然以这样的方式取走了我所拍摄的影像，这显然是侵权！

有人已经洞悉了我的想法，于是用意念对我说：“这可是为那位大鬼送葬，算是公益活动。拍摄，是你应尽的义务。”我知道，这不一定是那位大鬼的意思，很可能就是茶楼老板的诡计。但转念一想：这毕竟是在那位大鬼的葬礼上，如果得罪了茶楼老板，他在大鬼跟前说我坏话，可就麻烦了。一股鬼气向我袭来，显然是有人在威胁我。我尽管很不情愿，还是不得不一次一次按下快门，拍着，拍着。

一张张照片正在化作一块块半透明的纸灰，划过我的鼻尖，掠过我的发梢，迟疑地，无奈地，朝着天空，飞去，飞去……

愤怒的纸蛇

走进电梯的时候，我正在生气。生谁的气，为何生气，记不得了，反正，我怒不可遏，肺都要气炸了！

这电梯，通向山顶。

电梯在飞升，我悲愤的情绪随之加剧。我的愤怒变成了石头，在我身边——也就是电梯里——不断累积，一块一块石头正在把我掩埋。

他妈的！

我悲愤交加，却不知道该怎么办。这时候，电梯已经接近山顶，它突然剧烈地摇晃起来。

“哎呀，要出事！”还没等我叫出声来，电梯突然来了个自由落体，向下坠去。

“完了！”我绝望地闭上了眼睛。

呃，竟然没事儿！

等我睁开眼睛的时候，我的眼前出现了一条蛇。它是被坠落的电梯从山里砸出来的，此时它像一条瀑布那样，尾巴挂在山上，头朝着我。这蛇头，是三角形的，像一只巨型风筝。原来，这是一条纸蛇。

这纸蛇，真的是用纸折叠出来的。一开始，它瘪瘪地耷拉在山坡上，就在我凝视它的时候，它像是被安装了充气机那样，鼓起来，鼓起来，整个身体就像是红酒桶，三角形的脑袋肿胀得如同巨大的气球，它抬起头来看着我，同时仰望天空。原来，这是一条愤怒的纸蛇，它的肚子里装着我的怒气。对了，是我的怒气造成了它身体的肿胀。

纸蛇盯着我，满脸怨愤的神情，然后用意念问我："咋办？"

我也不知道该咋办。

眼看这条纸蛇即将爆炸，我紧张起来，围着它转来转去。转着转着，我突然想出一个办法：捅破它。捅破之后，它会漏气，也就不会爆炸了。

我伸出右手食指，对准纸蛇的左眼捅了一下，随即闪电般缩回手来。呃，一扇大门被打开了。原来，那纸蛇，其实是一个图书馆，里面全是我的著作。

我觉得好奇，就走了进去。

明明是图书馆，可是进来之后却发现，这是一条由一个一个房间连接而成的街道。房间从中间打通，形成一条像火车那样长长的走廊，每个房间的门楣上都写着一个年份。哦，我知道了：每个房间都是一本书，整个走廊——图书馆——就是一部编年史。

我走进一个房间，想看个明白。但见眼前布满了蜘蛛网，每根蛛丝都有手指那么粗，每根蛛丝上都粘着一个人，那些人在拼命地挣扎、号叫。一团一团像蝙蝠一样黑色的影子，在幽暗的空间里乱飞乱撞，发出"吱吱吱吱"的叫声，它们在彼此撕咬。原来，这些像蝙蝠一样的东西，都是我写出来的文字，它们是在抗争，也是在表达愤怒的情绪。

原来，我的怒气藏在这里！

我大步走过去，对准纸蛇的右眼捅了一下。没想到，纸蛇的右眼竟然是一个气阀，被我一捅，它“扑哧扑哧”地冒起气来。随着有节奏的冒气声，纸蛇徐徐离开地面，向上飘起。等到飘得高过树梢的时候，纸蛇开始像鸟儿拉屎那样，往外排泄一朵一朵白色的东西。啊，那白色的东西，竟然是我写的书！难道纸蛇是要以这样的方式，来宣泄积聚在它体内的怒气吗？

看到纸蛇越飞越高，我的心里舒服多了。

诗歌课

一首诗，在空气中。

既然是诗，它理所当然地应该以文字的形态呈现；而此刻，它却飘浮在空气中，一行，一行，在微风中轻轻晃动，散乱，迷糊，甚至显得吊儿郎当。

这是傍晚时分，暮色是一道大幕，那些诗行——它们是暗灰色的——就像是一层薄冰，斑斑驳驳，附着在灰色的天幕上。不知道是这首诗喜欢暮色，才特意选择了这块染着暮色的天幕，还是这灰色的天幕喜欢诗歌，而专门在此迎候并揽它入怀；我觉得，它们二者之间一定存在着暧昧关系。

那首诗，看上去不甚分明。为了看得清楚些，我朝那浸着暮色的天幕紧走几步。可能是我的哈气惊扰了它，那首原本挂在天幕上的诗，突然动了一下，落到地面上，瞬间变成一群猴子，在地上打起了篮球。现场没有篮板，所以这群猴子——也就是落在地上的文字——一个个张牙舞爪，胡乱地做着传球、投篮的动作，没有目的，也不追求实际效果。

这是一场行为艺术。那首诗是在以这样的方式揭示诗歌的本质特征：多义性和无目的性。

原来，这是一堂诗歌课！

就在我惊讶地注视着这个场景的时候，这群猴子突然停在原地不动了。猴子们的头顶上冒着水汽，看上去就像是飘向天空的长发；随即，猴子们的身体以极慢的速度开始蒸发，它们的身影先是变得松散，继而虚化，最后变成淡淡的烟雾，飘散了。

莫非下课了？

空中出现一张蛛网，蛛网上挂着四颗亮晶晶的水珠。

哎呀，那首诗，它回到了自身！你想啊，凝缩，不正是诗歌的创作机制吗？那么，这四颗水珠就应该是那些猴子——文字——在变成蒸汽之后凝缩而成的。这是符合逻辑的。正是这个逻辑，使我认出了这些水珠的真实身份——诗歌。水珠是四颗，这就表明：这是一首短诗，一共四行。

哈哈，我破译了这首诗的密码！

我一边为自己的发现而欣喜，一边盯着那四颗水珠中的一颗用力地看。没想到，我身体一动，一头栽进了那颗水珠之中。那水珠，瞬间变成一口浑浊的池塘；而我则变成了一只蛭形轮虫，在这水珠的池塘里，游过来，游过去。我明白了：这颗水珠是一句现代诗。它不仅是一句诗，而且是一种创作行为，其规则是：诗歌只提供框架，那些水珠——也就是一个一个诗句——都是空性的，具体内容需要读者去填充。

我正是因为盯着那颗水珠——这构成了一种阅读行为——才进入了诗歌，成了这句诗的一部分。

这是读诗的代价！

既然如此，那就将这场创作行为进行到底吧。我在这颗水珠里欢快地游动，我要看看，能否把另外几颗水珠汇聚到一起，成为一颗大水珠。我这样做的目的是告诉人们：诗歌，可以分行，也可以不分行——因为云彩可以分成一朵一朵，也可以连成一片。

明白了吧？这就是这堂诗歌课所要讲的内容。

人狗诞生记

虚空中出现了一个人的面影。 看不清是男是女，我看到的只是一张人脸，准确地说，是人的半边脸。

就像是一个猛然拉近的镜头，那半边脸被放大成一个特写：额头饱满而光滑，泛着健康的光泽，眉骨突出，眉毛上挑，睫毛耸立，嘴唇肥厚，脸颊红中带黑，有一种毛茸茸的质感。

此人是谁？ 他这是要干什么？

似乎将有重大事件发生，此人的出现是一个征兆。

那人的嘴唇突然一阵抽搐，随即向后拉伸，变成了动物的嘴岔子。 接着，从嘴岔子里伸出一条蛇芯子似的舌头。 舌头很长且十分灵活，轻易地就舔到了鼻尖。

人的舌头，竟然能舔到自己的鼻尖？

正惊异间，只见那人的鼻尖开始发红，继而变黑。 几乎是在眨眼之间，那人的鼻子变得前突而粗壮，鼻头颜色变黑，皮肤凸凹，那形状，俨然是一只狗鼻子。

那人的舌头还在舔。 先是舔到脸颊，继而舔到额头。 被舌头舔到的地方立马凸凹变形，长出硬硬的毛来。 那人的眼睛也开始变形，变成了动物的眼睛，发出磷光。到了最后，那人的耳朵也变了形，它向脑袋的后上方移动，尖尖的，向前耸立，还一动一动的。

啊，一张狗脸！

狗脸朝我笑了一下。显然，它对这种变形感到十分满意，有炫耀的意味。

我转身欲走，却仿佛中了魔法，双腿动弹不得。这时候，四面八方出现了无穷无尽的披散着人发的狗脸。这些狗脸，狞笑着，汪汪大叫。

一个新物种——人狗——诞生了。

盛大的人狗变脸仪式正在举行。那汪汪的叫声表明，人狗们在欢庆自己的诞生。

这是一个人狗世界。

跑吧！

可是，我的双腿依旧动弹不得。

作家

我来到一座陌生的小城。这里很像是南方的某个小镇，青石板路面上青苔斑斑。在一个街角处，我发现人行道上横七竖八地摆放着一辆一辆自行车。为了能够走过去，我把其中一辆自行车挪开了。往前走了几步，突然想到：车主回来之后，找不到他的自行车可怎么办？我停下脚步，转身把那辆自行车放回原处。一抬头，看见了我的哥哥。此时的他，是二十多岁时的模样，挺胸，昂首，走起路来咚咚响。他看见我，笑了笑，说："我做了一个梦，我带你到我的梦里。"

我感到疑惑，正待发问，一转身，来到一座山丘上。哥哥指着脚下那个螺旋状巨坑说："一直往里走，你可以观察到层层叠叠的人生，并探讨出人生的意义。"

我并没有进入那个坑中，眼前——其实是脑子里——出现了三重门，那是一个一个不同的时空。我知道，所谓的"三层"，其实是指人的三个年龄段：青少年、中年和老年。我突然意识到，自从跟着哥哥来到山上，我就已经置身于他的梦中。这不是一般的梦境，而是哥哥一部作品的框架结构。没想到，从来不写作的哥哥竟然是个作家，而且是一位先锋作家。他发明了一种创作方法，其原理是：仅仅为读者提供作品的结构，然后把读者引入这个结构所构筑的空间中去，至于作品中应有的人物、故事、场景和细节等，全靠读者在阅读的过程中去寻找和完成。哥哥的基本叙事手段是倒叙。

哥哥通过意念对我说："这是一部长篇小说。我用写作来创造世界并模拟人生。"

我对哥哥说："把这个长篇送给我吧。"

哥哥不吱声。

他大概是默许了。

过了大约几秒钟，哥哥通过意念对我说："既然你在我的梦里，那么，你就是在读我的小说。"

这个，我当然知道。我还知道，接下来，我要根据哥哥的梦境来完成一部长篇小说。我期待哥哥的梦境能够继续向前演绎，可是，眼前大雾茫茫，一切似乎都停顿了。

强烈的空虚感充斥了整个空间，并弥漫在我的心头，那是一种不可言说的空虚与苍凉。哎呀，果然是倒叙。此刻，我所体验的正是人生最后的结局。

那么，往前走一走，又会是什么样子呢？

就在我这么想着的时候，我已置身于一个全然陌生的空间。这里看上去像是一个巨型影院，眼前是一个环形银幕，一个个场景和一张张人脸在银幕上高速闪回，我仿佛是在看一部意识流电影，完全不明白那些闪回的影像是在表现什么，或试图表现什么。唯一让我印象深刻的是，有一个人——不知其性别和年龄，那只是一个剪影——正在捉一只促织。那只促织有小轿车那么大，那人追着促织，一会儿在田野，一会儿在街道，既慌慌张张，又其乐无穷。

当我兴致勃勃地观察那个捉促织的人的时候，场景突然切换，我看见了一张嘴唇，它有小区的大门那么大，却的确是一张栩栩如生的嘴唇。细看，这嘴唇是虚拟的。我当然知道，这是我哥哥的嘴唇，它是一个隐喻：叙述。哥哥是在以这种方式提醒我：他是一位作家，这一切都来自他的叙述。

透过嘴唇，我看到一片绿色的田野和明亮的天空。我还看到，有一大一小两个孩子，他们各自顶着一片巨大的荷叶在太阳雨里大呼小叫地追逐、嬉闹，“咯咯咯”的笑声忽远忽近。这情景，既真实又虚幻。我知道，那两个人就是哥哥和我。我想哭！

不是走在哥哥的梦中吗，怎么看到了我自己？

一条河流出现在面前。哥哥站在河面上，河水像一条船载着他向前去。他的身后是一支队伍，望不到头。

哥哥说：“上来吧。”

这是河，人怎么能站上去呢？我不相信这是真的，就站在河岸上既好奇又紧张地看着……

你欠我的飞翔一个道歉

我站在河滩上。河两岸是高山，这山高到只能仰望。两山之间的天空又高又亮，像是天上的一条河。有一首诗歌，沿着天上的那条河——也就是天幕——自上而下一行一行地流淌。

这首诗很长，看得清楚的是这么几行：

风
是一种鸟
飞
是风的翅膀

我惊讶地望着这首诗，大声朗诵起来。

可能是我的声音太大的缘故，突然，“扑棱”一声，从河边的草地上飞起一只鸟。这鸟，只有大拇指头那么大，却异常雄健有力，它就像是射向天空的一粒石子，一边垂直地向上飞，一边发出“飞飞飞飞”的尖叫声。

飞

飞

飞

飞

飞

飞

飞

这云雀般的尖叫声就像是一股激射的喷泉，它是有质量的，甚至是一种能量，正是这叫声，把那鸟儿弹了起来。

我突然意识到：“飞”，是咒语。看起来，在这个世界上，即便是鸟儿，要想飞，也必须念咒语。

哈哈，原来，飞翔的玄机就藏在这里！

我心中一动，学着那鸟儿的叫声，带着自创的节奏叫起来：“飞，飞，飞飞飞——飞，飞，飞飞飞……”

我只是觉着好玩儿，没想到，这一叫，呃，我竟然……垂直地……飞了起来！飞翔，竟然如此简单。哎呀，我以前怎么就不知道呢？我深吸一口气，大声念着咒语，在两山之间的天空之上，飞过来，飞过去，飞过来，飞过去。

一转眼，我降落到左侧那座山的半山腰上。

在这陡陡的山壁上，竟然有一条栈道。这栈道，一侧紧靠山壁，一侧悬空，虽只是半条街道，却宽敞得可以通车。栈道上店铺林立，人影散乱。

突然，看见我小学一年级的班主任刘老师。她带着一群小孩儿，那些孩子应该就是我的同学，可是他们一个个只有促织那么大，我一个也认不出来。此时，他们整整齐齐地排列在一根铁丝上，在放声歌唱。原来，这就是著名的“促织合唱团”。看起来，刘老师已经改行，她是带着自己的合唱团在这里进行商业演出。

我走上前去，招着手，跟刘老师和我的同学们打招呼，他们只顾着唱歌，不搭理我。原本我打算从这个栈道上走过去，也许是为了炫耀我飞翔的本领，也许是为了引起老师和同学们的关注，我当着他们的面，念着咒语，飞了起来。

可能是我的咒语以及我的飞翔动作干扰了“促织合唱团”的演出，因此惹恼了刘老师，只见她一转身，猛地朝我扇过来一巴掌。啊，她的手，竟然是一只橡皮笼子，有一间房子那么大！她的手虽然巨大却异常灵活，一挥，就像抓苍蝇那样把我抓到了她的手心里，也就是关进了那个橡皮笼子里。原来，刘老师如今是一个魔法师，那些促织都是她用魔法变出来的。

隔着笼子，我看见一张脸。这脸，圆圆的，有点黑，微胖，在我眼前忽大忽小地闪现，大的时候像饭馆的圆形餐桌，小的时候像是一张窄窄的狗脸。笼子外的那张脸，狞笑着朝我伸过来，脸蛋蹭到笼子的隔条上，都有点变形了，猛一看，是刘老师的脸，但从眼神和表情上看，却是某种猛兽的面部。

我害怕极了，想赶紧逃离，就大叫一声：“飞——！”

这声音，在笼子里听上去就像苍蝇的振翅声。我立马意识到，这笼子是与人间迥然不同的时空，在这里，那飞的咒语恐怕也是要失灵的吧。呃，没有失灵，我依然可以飞！我大喜过望，于是就像苍蝇那样，在笼子里猛地飞过来，猛地飞过去。可是，一次，一次，当我眼看就要飞出笼子的时候，那笼子的隔条——刘老师的手指——会自动合拢，把我弹回来。

哎呀，我飞不出这笼子！

我双手抓住笼子的隔条，用尽全力摇晃着。我本来打算对刘老师讨饶，乞求她放我出去，可是，从我喉咙里发出的却是一声愤怒的呐喊："你欠我的飞翔一个道歉！"

没人回应。

我的呐喊声在笼子里愤怒地飞来飞去，不时地触碰到我的脸。我手舞足蹈，奋力地躲避和驱赶这声音的碎片；而在笼子外，刘老师像什么事情都没有发生一样，依然微笑着，领着那群孩子——我的那些变成了促织的同学——在摇头晃脑地歌唱。

隔着笼子，我看见他们的嘴巴一张一合，却听不到任何声音。

为了记忆的忘却

眼前有一群人，他们悄无声息地来回走动，既兴奋又忙乱。这些人大多是我的熟人，他们在搞一场文学活动。突然，人群中浮现出一张熟悉的脸。就在我看到这张脸的一瞬间，它猛然变大且严重变形，就像透过放大镜所看到的人脸。啊，此人是我最要好的朋友，他见到我，满脸羞惭地朝人群中钻去。他是这个活动的组织者，可他，竟然没有邀请我！

我大恼，同时又十分伤心，于是就以悲伤的语调对他说："我有什么好事都首先想着你，可你……"他羞愧地低下头，默不作声，但从他暗暗上翻的目光看，他的心里激荡着抵触情绪。他的老婆见我在指责她的丈夫，突然用指头指着我的鼻子大声说："你，就是空气，顶多是一只苍蝇！"

真是奇耻大辱！

我找来律师——律师就在我身边——要求那个女人当着律师的面把她刚才说过的话重复一遍。律师说："不用了，我全都听到了。我还通过眼睛录下了她侮辱你时的全息影像——这是证据。取了证，她就输定了！"

虽说知道她必输无疑，可我依然很生气、很委屈。毕竟，她是当着那么多人的面辱骂我的，这让我很没面子。我气得在地上走来走去，一边走一边不停地搓手，好像只要这样搓下去，就能搓掉我心中的耻辱感。

不行，我的脑袋在膨胀，眼看就要爆炸，光搓手还不行，于是我就用双手搓起了脑袋。呃，一不小心——也许是用力过猛——我把脑袋搓掉了！我捧着自己的脑袋——就像捧着一件圆形瓷器——在手中把玩。我看见，我的脑袋上竟然长着两只巨大的复眼，复眼的每一个小眼上都映现着人脸。这些人脸承载着我屈辱的记忆，有多少张脸，就有多少个屈辱的记忆！如此众多的屈辱记忆，正是造成我脑袋急剧膨胀的原因。

端详着手中这个长着复眼的脑袋，我明白了：我是一个苍蝇人！哎呀，我中了那个女人的魔咒——是她，用咒语把我变成了苍蝇人！我既羞又愤，真是无地自容。

更令我感到难堪的是，这一切都被虚空中的一面镜子看到了。这镜子，其实是一个钟表，它的时针有扁担那么宽，三米多长。此时，时针正沿顺时针方向悄无声息地走动，时针走过的地方，留下一串黑色的脚印。这是我的脚印。看到这些脚印，我立即明白：这镜子——钟表——其实是一台记录仪，它通过扫描人的脚印来记录他的人生轨迹。专家可以根据某个人脚印的深浅和颜色的黑白，来分析其生存境况并推断他的命运。我的脚印是黑的，说明这是我所留下的屈辱的印记——谁都知道，屈辱是黑色的。

这时候，我更加确信，虚空中的镜子——钟表——是一台记忆机器。哎呀，被它记录下如此的奇耻大辱，是多么严重的事情，那简直就是烙在我脸上的红字！

情况万分紧急，我扔下手中的脑袋，一个箭步冲进镜子——钟表——里，抱起时针朝着逆时针方向用力地推。只有把时针推回去，才能抹掉我那黑色的脚印；抹掉黑色脚印，就等于抹去了我那段屈辱的记忆。

当我把时针推回到事件发生之前的那个刻度，镜子——钟表——上的脚印果然消失了。我长长地舒了一口气，正要转身离去，突然发现，在原先留下脚印的地方，出现了一行红色的文字："为了记忆的忘却。"

我明白了：刚才所经历的一切，其实是一场行为艺术，这行文字，正是它的标题。

创作谈

穿过街道，我来到街边的一个台子上。一路上，我的头顶蒸腾着丝丝缕缕的蒸汽，等到进入一座大房子的时候，满头蒸汽——那是混乱而多余的记忆——已经飘散，我的头脑变得异常轻松和清醒。这座大房子是某个人的工作室，主人不在，我却在这里意外地遇到一个老熟人。这是一位女诗人，我们曾经生活在同一座城市，后来她调到另外一座超级大都市去了。这些年，她连获大奖，名气也随之越来越大，大到足以影响空气——所到之处，她的衣服是什么颜色，空气就跟着变成什么颜色。此刻，她身穿粉红色连衣裙，四周的空气也就变成粉红色的了。

我们见面的时候，她嫣然一笑，用眼神跟我打了个招呼。我看到的是她眼睛的特写，眼眶很大，眼仁黑白分明，笑意就像是水杯里的波纹，在亮晃晃地荡漾。我能感觉到她笑容背后隐藏着某种神秘的东西，却看不透，也猜不透。

她身后跟着一个男人，是她的经纪人。那人通过意念对我说："她是回来处理房产的。当然，还有另外一件更重要的事情要办。"

想给她帮点忙，可她身边围满了人，我无法靠近，也就不知道该为她做点什么。我感到无聊，就在工作室靠窗的一把椅子上坐下来。窗下是一条河谷，河谷从西北方向倾斜着迤逦而来。当我朝河谷望去的时候，发现有一团暗绿色的东西正沿着河谷自上而下一起一伏地蠕动。我好奇地观看着。只见那东西像一畦一畦青草，排列成长方形阵列，远远看去，仿佛一大团飘浮于地表的绿云。

一个意念告诉我："这是诗歌。"

那个意念接着说："它其实是由诗歌菌——一种专门写诗的菌类——凝聚而成的。"

世界上竟然有这种东西!

我正在惊叹，那团东西——诗歌——已经来到一座横跨河谷的大桥底下。那些诗歌，像漂浮在洪流中的一团青草那样，在受到桥墩的阻挡之后，立即分散开来。有的诗行依然是横着的，有的诗行则发生了倾斜，甚至变成竖排的；诗行的前后顺序也发生了变化，曾经在前的如今落在了后头，原本在后的则冲到了前面。

诗歌们在经过桥墩之后，被冲散的诗行随即进行排列组合，形成一个新的阵列。这就充分证明：它是一个活物。

诗行在重新排列组合的时候，不是随机的，也不是盲目的。它们先是头对头地窃窃私语一番，随即就像舞台上的舞蹈演员那样，极有秩序地排列成新的阵容。最不可思议的是，重新排列的诗行，在视觉上竟然与周围环境达成了某种美妙的和谐。这是在宣告：诗歌是催化剂和修补剂，它的价值就在于，使这个世界看上去更加和谐与美丽。

一个声音说："这些诗歌，是她献给故乡的礼物！"

我突然明白那个经纪人所说的“另外一件更重要的事情”究竟是什么了。原来，在山谷里漂流的是我的这位诗人朋友新近出版的一部诗集，她此次回来，就是为了举办新书发布会。从眼前的情形看，新书发布会正在举行。那条河谷，正是发布会的现场，而我所看到的这一切——诗歌的变化与演进——正是我的这位诗友的创作谈。我的心里一阵狂喜：这一次，她可是亮出了自己的秘籍。哈哈，我总算明白她为何会获得那么多大奖、为何那么受欢迎了！

修行与表演

不知道那人从何而来。我看见他的时候，他站在悬崖边一块向外伸出的巨石之上，一袭月白色长衫，光头，背对着我，面朝白茫茫的远方。

由于他是背对着我的，所以我只能看见他的后颈。此时，他的后颈被放大成一个特写，上头一大块新鲜的伤痕十分显眼，皮肉翻卷，血肉模糊，带着明显的擦痕。看着那人的伤痕，觉着他一定很疼，我的心里一揪一揪的。那人却浑然不觉，垂着手，全身放松，定定地站着。莫非，此人是一位修行者，皮开肉绽是他的修行方式？

就在我忧心忡忡地盯看那人后颈的时候，那后颈上的伤痕正像一块烧烤中的肉，以极快的速度变干、结痂，结出的痂由红变黑、由软变硬，裂开一道一道口子，并迅速变厚，仿佛一块老树皮——它真的就是一块老树皮。这树皮，似乎蓄谋已久，此刻它终于获得了自由，开始像古树上的菌类那样生长。它的生长，显然是有明确规划的，也就是沿着那人的身体纵向生长：一路沿着脖颈的上端往头顶的方向去，一路沿着脖颈的下端往腿脚的方向去。眨眼间，那树皮已经布满光头男子的脊背和前胸。

那树皮以肉体为培养基，几乎是在眨眼之间，已有四指厚。它一边继续增厚，一边快速生长。向上去的树皮，很快就超过了那人的头顶，有十几米高，看上去就像是一艘竖立的皮划艇，弯弯地指向天空。大概是这疯长的树皮使那人感到不舒服，他伸出一只手，像捋了一下头发那样，把高过头顶的树皮折了下来；树皮的断茬处立马生出青枝绿叶，摇曳着，欢天喜地地继续生长。那向下生长的树皮，生出了一条一条气根。这些气根，流淌到那人脚下的石头上，变成虬龙似的树根，穿过石缝向下渗透，然后又从巨石之下蹿出来，伸着脖颈向上去。有意思的是，这向上的树根上，依然带着树皮的纹路。

树皮开始晃动。看起来，那人要有大动作了。

果然，就像被大火烘烤的蜡烛那样，那弯折下来的树皮，开始变软、坍缩；几乎是在眨眼之间，树皮与穿过石头向上去的树根交合在一起，形成一个蚌蛤似的椭圆形物体。这东西已经玉化，成了玉光闪闪的硅化木。这硅化木里，清晰地显露出树皮的纹路。

我盯着这个蚌蛤状物体看。

呃，这个蚌蛤似的东西，竟然包着一团粉白细嫩的肉。细看，是一个人，有鼻子有眼，有黑黑的眉毛；再看，那人的头部光光的，不长一根毛。

啊，蚌蛤人！

正惊异间，从蚌蛤人的腰部伸展出两只蝉翼似的翅膀。一开始，那翅膀软软的、湿乎乎的，随即就变干了；干了之后，那透明的翅膀上，竟然显现出老树皮的图案，宛若一幅抽象画。

太神奇了！太神奇了！我暗自惊叹。

蚌蛤人扑扇着翅膀，发出“噗噗”的声响。看起来，他要飞了。

一个声音说：“这是表演。”那个声音接着说：“票价很贵——需要支付一个人五千年的工资。”

怎么是这样！

我既生气又为难：这也太贵了吧！哪个人能活五千年？既然人活不了五千年，那么，“五千年的工资”这个说法又从何而来？再说了，“一个人的工资”这个说法，本身就有问题：要知道，人与人级别不同、地位不同、工作性质不同，工资收入自然就不同，甚至有很大差别。那么，这票价究竟应该怎么计算——是央企董事长的年薪乘以5000，还是某个农民工的年收入乘以5000？

就在我为此而烦恼和愤怒的时候，我的眼前出现了一只手，那是一只印着树皮纹路的虚拟的手。一个意念对我说：“只要你的手纹与树皮的纹路完全对上，就可以免费观看表演。”

我伸出左手，与那只虚拟的手放在一起，看一眼自己的手，又看一眼那只印有树皮纹路的虚拟的手，看过来，看过去，看过来，看过去，最终，我的手纹还是没有跟树皮的纹路对上。

蚌蛤人既然已经修行到了这个份儿上，一般人是跟他玩不起的。我决定离开。临走的时候，我弯腰捡起一根树枝，在地上写了一行字：“这是演出。”我的意思是：所谓修行，有时候就是表演。

“叮——当——”

我看见，另外一个我睡在自家的床上。

眼前是方形的黑，这黑，占满了我卧室的整个空间。这个空间，或者说是这个空间里的黑，仿佛是刚刚醒来，抑或是即将睡去，木木地站在那里，有点呆；继而，露出若有所思的神情；再后来，它好像是发现了什么，变得紧张起来，咬了咬嘴唇，鼓起了腮帮子。

隔着卧室的木门，我看见，门外，在靠近卧室门的那个空间里出现了一根手指。这是一根食指，感觉有一米多长，枯瘦，多节，它弯曲着，以极慢的速度，颤颤巍巍地，朝着卧室的门，接近，接近。

我突然警觉起来。

而那根手指似乎也觉察到了什么，它犹豫了一下，停在了那里。

我等了很久很久——感觉有一年那么长——也没有等到敲门声，然后就附在床上的那个我身上，睡去了。

“叮——当——！”

我猛地一惊，醒了。

那声音，在空气中飘浮着，丝丝缕缕，凉凉的，从我脸上掠过。这声音（对了，是“这声音”而不再是“那声音”——它已经跟我发生了某种深刻的关系）很脆，像是金属棒敲击瓷器的声音。

这声音，寒光闪闪，像刀子。

门开了。

睡在床上的那个我，此时也醒了。他起身，跳下床，朝门口走去。我知道他的想法：看看谁在敲门；同时也看看，门，是被谁打开的。

门外，没有人。这一点，我可以做证。

那个我，双手支撑门框，伸出头去，四下看看。看来看去，还是没有人。而我，却看见门口的空气中出现了指头肚那么大的一个洞，洞的四周裂开许多白色的口子，就像是子弹打在了茶色玻璃上。

这声音，竟然如此厉害！

这个地方是不能再待下去了。

快逃！

那个我，也想逃跑。

我跑了几步，鼻子碰在了一个软中有硬、如同充气的橡皮人似的东西上，我的身体被弹了回来，换个方向跑，结果依然如此；而另外那个我，结局比我更惨——他跑得比我更用力，跑得跌跌撞撞，所以就被碰得鼻青脸肿。有好几次，我与那个我迎头相撞，于是就扭打在一起。每一次都是我先住手，因为我知道，我们相撞，不是那个我的过错。哦，当然，也不是我的过错。

我知道，我无论如何也逃不出这眼前的黑了，再这样跑下去终究是徒劳，于是我灵机一动，趴在了地上，一来是为了喘喘气，休息一下，二来是想一想出逃的办法。而另外那个我，却依然在不停地、气喘吁吁地跑着。

“叮——当——！”

“叮——当——！”

“叮，当——！”“叮，当——！”

就在我趴到地上的那一瞬间，黑暗中又响起了这可怕的声音。不知道这声音是从卧室外面传过来的还是从眼前的黑中传过来的，只感到这声音变得狂躁和暴戾，空气中的洞孔也越来越多、越来越大。我看见，拼命地跑着的那个我，已经被击打得像筛子一样。

看到那个我被打成这个样子，我急忙趴在地上装死。这时候，“叮当叮当”的声音从四面八方袭来，越来越响，越来越急，最后，变得像刮风一样。

突然，眼前一亮，我发现自己坐在地上，眼前是一大堆黑色的玻璃状碎片。这是一个废墟。莫非“叮当”声击碎了我卧室里的黑，把我解救了出来？

那个满身洞孔的我，此时像一张草席那样软软地躺在我的怀里，望着我，凄然一笑。“我的好兄弟啊！”我一把抱起他，哭了起来。他用满身的洞孔看着我，说了一句：“叮当！”

这一次，我看清了：“叮当”声，是从那个我身上的洞孔里发出来的。细看，那一声一声“叮当”，正像血液一样从他——也就是那个我——满身的洞孔里，一滴，一滴，往外流淌。

飞行的囚徒

眼前的一切都是模糊的，我隐约觉得，这是一个山村，村子建在一座像柱子一样孤零零的高山上。我不知道自己怎么就来到了这里，也不知道为何而来。我大概是走在流浪的路上。我骑着一辆自行车，天色已晚，想找个地方投宿。村子里的路，是一条烂麻绳似的弯弯曲曲、没有尽头的巷道，巷道两旁是高高低低的房子。巷道很窄，有时候仅可容一人通过。好在巷道里没有人，我骑着自行车在里头穿行。

终于找到一户人家。这里地势很低，感觉是一个深坑。院子里有一位老妇人，她看上去有七十多岁，身边依偎着一个五六岁的小女孩儿，可能是她的孙女吧。看不清她们的穿戴打扮，但我能感觉到她们很穷。贫穷是一种味道，就是污垢与灰尘混合而成的酸酸的味道。我闻到了这种味道，而且很浓郁。我想给这祖孙俩一些钱，摸了摸衣兜，一分钱也没有，我大窘。想把我的自行车留给她们，转身一看，自行车不见了。自行车知道我要把它送人，就自己跑掉了。它嫌我穷，早就想离开我，此时总算找到了逃跑的理由和机会。我要去找我的自行车，转念一想，算了。它跟了我这么多年，吃了不少苦，受了不少罪，却没有得到一点好处，那么，它想走就让它走吧。

我到这个院子里来，原本是要问路的，但被刚才的事情一耽搁，也就忘了问路。此时，想问路，那祖孙俩已经不见了。

我困倦已极，又走投无路。是的，我真的是走投无路。此时，连我脚下的巷道也不知跑到哪里去了，它大概是与我的自行车一起跑的，说不定就是它把我的自行车拐跑了。

我一急，就想尝试一下，看能不能从这里飞走。

我就像是从水底上浮那样，向上伸出双手，然后踮起脚，猛地向上弹跳。本来是无奈之举，哌，没想到，我竟然飞起来了！我飞了一阵子之后，落到了一个院子的院墙外面。在这里，我意外地遇见了我的表弟。我跟他讲述了刚才的经历，我说："我是飞过来的。"他看了我一眼，笑了笑，意思是："你真是个胡思乱想的人！"显然，他不相信我的话。

身旁是一个高大的院子，院墙足有三层楼那么高。我虽然在院墙外面，却能看到院墙里面的情景，那是一个有十个足球场那么大的场院，一座宫殿般的建筑显得富丽堂皇。表弟的神情让我十分生气，我带着赌气的心情，双手一伸，又飞了起来。先是低低地飞，仅可触及院墙的顶部，没想到飞到院子正中间的时候，我的身体突然像强风中的风筝那样，冲天而起。从空中往下看，院子里站了许多人，一个个衣着华丽，气度不凡，他们仰视着我，神情凝重而庄严。我能感觉到，他们一方面感到惊讶一方面又为我担心。

我飞着，轻盈、舒爽、自由，想往哪个方向就往哪个方向，想飞多高就飞多高，不费一点儿力气。

多么快乐！

感觉是一股来自地面的力量在顶着我、推着我。

原来，这里是飞翔之地。飞翔的动力，来自大地的磁场。此次飞行的经验表明：地球的磁场是不均匀的，有的地方强，有的地方弱，有的地方磁场强度甚至接近于零。一个飞行中的人，到了磁场强的地方，就会飞得又高又快；到了磁场弱的地方，就只能飞得又低又慢；如果不幸飞到了一个没有磁场的地方，对不起，那就只好一头栽下去。

不知道哪里有磁场，我只知道，村子四周都是悬崖，是万丈深渊。我突然明白过来：这是一座监狱，也是一个命运赌场。来到这里的人，不论贫富贵贱，都是囚徒，他们只能有两种命运，也是两种选择：要么甘愿终身囚禁，要么就飞出去，如果选对了飞行方向就可以逃出生天，如果选错了方向就只能粉身碎骨。

这就是赌命。

哈哈，你知道这里为啥是飞翔之地了吧！让你飞，就是让你赌。

赌，还是不赌？

我没有想好，于是就像一只蚂蚱，跳一下，从一个院子飞到另一个院子，再跳一下，从一个方向飞向另一个方向，慢慢地摸索着、尝试着……

没有听众的演讲

有一家报纸的副刊部邀请我去给他们讲课，听众主要是副刊编辑，演讲的主题是编辑与写作的关系。出面邀请我的是一位女士，她是副刊部主任，我们很熟，我就爽快地答应了。当然，答应她，还有一个内在原因：对于这个主题，我颇有心得，特别有话说。

按照约定，我提前赶到了。那是一家酒店三楼的会议室，没有电梯，我在一位女士的陪同下，沿着台阶往上去。明明只有三层，却走了大约个把小时，感到这楼梯是被人设定了程序，它在不断拉长，为的是拖延时间。我意识到，这是组织方的安排，为的是防止我去得太早而听众却未能按时赶到这种尴尬局面的发生——这是出于对我的尊重。到楼上之后，发现他们邀请的演讲嘉宾是两个，另外那个是我的一位朋友，他也曾经做过副刊编辑。我们二人在那里说着闲话，等待会议开始。

陪我前来的那位女士，突然不见了。

我正在诧异，听见楼梯口传来闹哄哄的说话声。转眼，会议室里出现了一拨人，一看，大多是我的熟人，有一些还是我的领导。原来，这些人也是前来参加活动的。他们行色匆匆，左顾右盼，眼神陌生，看起来这不是事先的安排，他们只是在参加完另一场活动之后顺便过来看看。

现场立马混乱。此前，主席台上放着三个座签，也就是我和我的那位朋友，以及负责邀请我的那个人。这些人来了之后，东道主立马手忙脚乱地重新布置主席台。由于人多，他们把主席台摆成了两排，好几个人手拿座签在那里摆放。我看见我被摆在了第二排。

我是演讲嘉宾，怎么让我坐在第二排？我心中不悦，却没说什么。一则，那些后来者大多是我的熟人，我不好意思去计较；二则，其中不少人级别很高，想到东道主是出于行政层面的考虑才不得不做出这样的安排，我也就理解了。

就在他们一片忙乱的时候，我发现会议室右侧放着沙发和茶几，这里似乎是咖啡厅。我灵机一动，提议大家到咖啡厅去。那里的沙发和茶几是环形摆放的，不分上下，从心理上每个人都会感到舒服。再说了，参会的人不多，大家围坐在一起，平等而亲切，更像是一个学术沙龙，多好啊。

我的提议被采纳了，人们乱哄哄地往咖啡厅去。我感到活动就要开始了，大概是要我开讲。从何讲起呢？刚才只顾着忙座位的事情，没有认真准备，我的脑子里一片空白。我却并不紧张，我知道，那些话就在肚子里等着，只要我一张口，它们就会像打开的水龙头里的水那样哗哗地往外流。

一转眼，参会的人不见了，现场只剩下我和另外那位演讲嘉宾。恍惚觉得有人说过一句：“你们先在这里休息一下。”于是，我们两人就进到一个房间里休息。

我们在那里说了好长时间闲话，似乎还蒙蒙眬眬睡了一觉。

醒来之后，看见一位女士朝我们急匆匆地走过来，以一种惊讶的语气说："会议都开了很长时间，你们怎么还在这里？"

我又气又急，大声说："会议挪地方了，怎么不事先通知我？！"

那女士说："大家都知道，就你不知道。"

我不再跟她争论，就跟着她急急忙忙往那个地方去。路上我问了她一句："离会议结束，还有多长时间？"她回答："大约四十五分钟。"我心里猛地一轻松：还行，够用了。这时，她突然来了一句："不，大约还剩十四分钟。"

只剩下十四分钟，还能讲什么呢？我又焦急起来。

说着说着，我们来到会议室。会议室里坐满了人，除了先前那些人，还有电台和电视台的领导以及采编人员。看来，会议规模扩大了。从现场的气氛看，此前已经有人在这里演讲过了。

我被直接领到主席台上，站在麦克风前。由于面对的大多是熟人，我就很放松地开始演讲。我说的第一句话是："各位朋友：大家晚上好！"错了，现在是下午，于是我立马改口说："大家下午好！"

听众席上，人们一直在交头接耳，没有一个人在认真听；更过分的是，随着我的演讲，他们由窃窃私语变成了大声喧哗。我停下来，对他们说："在座的，谁要是不想听，请离席，我绝不怪罪。"我这么一说，立马有四分之三的人站起来离开了，包括我的朋友和熟人。我看了一眼他们的背影，准备继续讲，主持人悄声对我说："快开饭了。"我明白她的意思，是催我快点结束。

我是来演讲的，怎么能如此应付、草草了事呢？我大声说：“只要还有一个听众，我就会认真讲下去！”

剩余的听众大多是一些黑衣女子，她们笑着拥上来，围在我身旁。原来，她们只是想来看看我，而不是打算听我演讲。她们紧紧地挤在我身边，一边嘻嘻哈哈地说着话一边目视前方。显然，她们前来的目的，仅仅是为了跟我合张影。

照过相，那群黑衣女子一哄而散，台下只剩下那个邀请我的副刊部主任。她的肚子咕咕叫，音量很大，她这是在用腹语提醒我该吃饭了。我突然意识到：那些人，都是吃饭去了。

会议室里一片寂静。定睛一看，会议室变得像沙漠一样无边无际，却空无一人，连那个东道主也不见了。

我大恼，决心把演讲进行到底。于是，我叉着腰，站在演讲台上，张大嘴巴，大声地讲起来。

可是，我嘴巴里吐出来的，是一股一股烟雾……

等待总统

我进到一个走廊里。这走廊是环形的，中间长，两头短，就像是一根自行车链条。走廊的宽度大约有二十米，两旁摆着一张张桌子。原来，这是一家专门经营餐饮的大型超市。

我是从走廊右端的入口进来的。走廊——超市——里人很多，却秩序井然，男男女女围着桌子正在聚精会神地吃肉。人们一个个鼓着腮帮子，脸色发亮，显然吃得很开心。我从一个一个摊位前走过，看着标明菜品的牌子，没有发现我喜欢吃的，于是就沿着走廊继续往前走。两旁的食客用审视和怪异的眼神看我，意思是：这么好吃的东西，你怎么就不吃呢？

在一个摊位前，我停了下来。这里有一个烧锅，卖熟肉，一个看上去三十岁左右的女人见我站在摊位前，眼睛一亮，笑着跟我打招呼，她边说话边拿起筷子从冒着白烟的锅里往外夹肉，目的是向我展示。锅里的肉有两种，一种是猪肉，一种是鱼肉。令我印象深刻的是，肉锅里翻滚着一条一分为二的鱼，一面带着鱼鳞，另一面没有鱼鳞。没有鱼鳞的这一面，鱼肉一瓣一瓣外翻，青白色，看上去就像是一朵硕大的百合。更奇怪的是，这条鱼不是死的，而是活的，它在沸腾的锅里欢快地游动，像是在表演，又像是在招徕顾客。猪肉和鱼肉在一起炖，这种组合让我深感意外。鱼和羊在一起炖，演绎的是一个“鲜”字，那么，鱼和猪在一起炖是想演绎什么呢？这个字怎么写——是反犬旁加个“鱼”字呢，还是鱼字旁加个“者”字？现代汉语词典中好像没有这两个字啊，其中必有阴谋！我急忙离开了。

如此反常的烹饪方法，倒是提醒了我。

想起来了：我来此地可不是为了吃饭。有一位外国总统来访，我的任务是找一家合适的饭店来招待他。从刚才那个女人的举动看，总统来访的消息已经泄露，可能有间谍要设计暗害他。猪和鱼放在一起炖，很可能就是一种谋杀手段。想到这里，我不由得加快了步伐，并暗中观察周围的情况。

沿着走廊走了一圈，没发现一家合适的饭店。

时间一点一点过去，要办的事情却毫无头绪，我急得满头大汗。突然，我来到了一个敞亮的院子里。这院子与超市出口相连，是一个中西合璧的园林，亭台楼阁，假山池塘，草木葳蕤，既清幽又充满生机。更让我惊奇的是，这园林的东北角上有一座白色小洋楼，它竟然是一家饭店！我一阵狂喜，急忙赶了过去。等我走进那白楼的时候，我的爱人和另外一个朋友已经在里头坐着了。原来，这家饭店并不为客人提供现成的餐饮服务，而是为客人提供环境、原材料和餐具，客人要吃什么，自选自做。

我对这个地方甚是满意，就设计了一套菜谱，准备自己做。所谓菜谱，很简单，其实就是一道菜：胡萝卜炖牛肉。我当然知道，接待总统，可不能用一般的牛肉，我选的是一种树牛。

这是一种形状像蜗牛的虫子，有海碗那么大，生活在树上，肉质细嫩鲜美，带着浓重的草木香。 而胡萝卜呢，我选的也是一个十分特殊的品种，它的个头只有小拇指头那么大，通体透明，闪闪发光，散发着阵阵异香。 几乎是眨眼工夫，胡萝卜炖牛肉就做好了，满屋子弥漫着一种从未体验过的香味，这让我老婆和那个朋友口水流出几尺长，就像是下粉条一样，滔滔不绝。 这情景令我十分尴尬，要是让总统看到了，多丢人啊！ 那位朋友从锅里捞了一块肉，正要吃，我说：“客人还没来呢！”他不好意思地笑笑，放下了。

我转身出门，朝院子外头跑，我要去迎接总统。

来到大门口，发现这是我老家白桑关那个白房子的大门。在门前台阶的顶端，站着两个二十多岁的黑衣女子，她们大概已经知道我是来迎接总统的，就用崇敬的目光看着我。 她们张着嘴，想跟我打招呼，我却顾不上她们，只是焦急地望着前方。我看了一下手机，哎呀，已经是中午 12：47，怎么还没有总统的消息！

我的手机响了，手机里传来一个青年男子的声音：“总统先生还有点事情要处理，办完之后，马上过去。”他说的是汉语，语音标准，大概是个中国人。 恍惚间，我看见了他的脸。 从他机警的眼神看，他应该是个特工或是高级安保人员。

要等到什么时候呢？ 我下意识地看了一眼手机，原来，我拿着两部手机，刚才通电话的那部手机很小，只有一张书签那么大，黑色，很薄，也很轻，就像是一块轻薄的塑料片；另一部则是老式诺基亚手机。 那部书签似的手机快没电了，要是那个人——总统的联络官——突然来了电话，却联系不上我，那可怎么办？ 要知道，那人只有我这部手机的号码！

我朝那两个女子招招手，她们过来了，我要她们帮我找个地方为手机充电。她们接过我的手机，头碰头，瞪着眼，一边好奇地看着，一边摆弄着手机。突然，手机冲天而起，像一只蝙蝠，快速扇动翅膀，发出哗啦哗啦的声响，眨眼间不见了踪影。

莫非这手机自作主张，要去寻找并迎接总统？呃，这倒是个好办法！但问题是，如果它飞着飞着没电了，“噗嗒”一声掉下来，那可怎么办？我一边想着一边在大门口走来走去，我要在这里等待那位总统。

可是，我想不起是否把这个饭店的地址告知了对方。如果他们不知道这个地方，又无法与我联系上，那可怎么办？如果他们来了，却找不到我，那可怎么办？我急得像奔跑的袋鼠那样，在大门前的场子上，跳过来，跳过去，跳过来，跳过去……

飞升的女人

眼前有一个长方形框子。一个人，出现在那个框子里。是个女人。这女人，靛黑色的皮肤泛着健康的光泽，浑身上下熠熠生辉。她身材高挑，大约有一米七五，身穿纯白色风衣。她走路带风，风衣的后摆向后飘起。她从左侧进入我眼前的框子，向着框子右方快速走动。印象最深的还是她的容貌：她虽然皮肤靛黑，却是典型的希腊人脸型，面部轮廓分明，深眼窝，高鼻梁，瞳孔散发出宝石蓝的光芒，眉眼俊俏，十分动人。

最让人惊讶的是她的头发。她的头发是白色的，银白，光芒四射。随着她那风一般的步伐，她的头发丝丝缕缕地向后飘起。她那飞扬的头发在快速生长。第一眼，她长发披肩；转眼间，她的头发长到了腰部；又一转眼，她的长发已经拖在了地上。

大地上有无数看不见的东西，那些东西带着某种强烈的意志，决心要跟这个女人一起往天上去；也可能是这个女人有一种巨大的、不可抗拒的魔力，吸引着大地的能量沿着她的头发浩浩荡荡地向上去。那些不断上涌的东西——能量——在那女人的后颈和肩部停了下来，堆积成雪白的绒毛。细看，绒毛正以极快的速度演变成羽毛。羽毛状的东西越积越厚，在她的肩胛处快速堆积并向上凸起。能感受到有一种巨大的能量在支撑着这人的肩胛，这肩胛越来越厚，中间凸起，两边微微弯曲，渐渐地演变成了一双巨翼的前部。

怎么会是这样！

我正在暗自惊叹，那巨大的翼状物开始延展，倏然变成两只巨大的翅膀。那翅膀仿佛懂得我的心思，带着一种强烈的自豪感在我面前一上一下地动了几下；接着，开始由缓到快地扑闪起来，“哗——哗——哗，哗，哗哗，哗哗，哗哗哗哗……”。随着翅膀的扇动，那个女人垂直地向上飞了起来。

她的翅膀在舞动，她的身体微微前倾，她的腿脚微微向后伸展，整个身体是那样的轻盈和优美。

天使，天使！

整个大地都被她带着，向上飞去。

真想跟她一起飞啊！

棺材火锅

我被邀请参加一个盛宴。这是一个只有极少数人才能参加的宴会，规格极高，所以我的心跳得咚咚响，紧张得像个小偷。

宴会设在一座黑森林里，四周的景致影影绰绰。赴宴的人不多，彼此不认识，也不搭话，一个个就像是缥缈的影子。每个赴宴的人都由一个侍者引导，由侍者为其提供专门服务。四周鸦雀无声，只闻风声、脚步声，还有心跳声。引导我的是一位身穿黑色制服的女子，她的脸泛着荧光。

“到了。”她用意念对我说，“吃火锅。”

突然间，我的眼前出现了一排亮堂堂的火锅。

所谓火锅，其实是一口一口棺材。定睛一看，是水晶棺。这水晶棺——也就是火锅——放在一棵一棵几人合抱的大树下。那个侍者用意念接着对我说：“每个人火锅里面的东西是不一样的，具体配方与客人的胃口和性格有关。”

带着巨大的好奇，我看了一眼属于我的火锅。这水晶棺是透明的，就像水晶玻璃一样，里头的东西历历可见。感觉这水晶棺是智能化的，它自动调节透明度，会让你看到它想让你看到的东西，同时也会隐藏那些不想让你看到的东西。

天啊！ 我猛地向后一仰，差点儿摔倒在地：我的火锅里，竟然躺着一个人！

这是个中年男子，西装革履，打着领带，衣服是新的，皮鞋也是新的。 他闭着眼睛，眉头紧皱，面部轮廓分明，表情庄严，仿佛进入了一场深刻的思考。 一柱光打在他的头部，使他的面部红彤彤的。 这光的意思是：这是放了辣椒的，很够味儿。 而在棺材——火锅——的另一端则是黑乎乎的一团，看不清是什么东西，大概是调料吧。

怎么能让我吃人！

我勃然大怒，正要对侍者发火，扭身一看，侍者已不知所终。 看看左右两边，那些赴宴的人，此时是一只一只像汽车那么大的巨型蚂蚁，趴在各自的火锅——水晶棺——前，张开巨大的口器嘎吱嘎吱地吃着。

面对着眼前的火锅，我既生气又为难：既然来了，就不能不吃，可是，里面躺着的，是一个人啊！

想起那个侍者刚才通过意念跟我说过的话，我突然明白了：请客的人一定是动用了大数据，知道我曾经吃过人，所以才为我设计了这个餐谱。 可是，那是很久很久以前的事情了，我早就不吃人了。 唉，我是一个上了黑名单的人啊！

我哭起来。

废话连篇

我为一对新人主持婚礼。

婚礼在一个大型会议室里举行。这里没有灯光，人们的五官看上去不甚分明。参加婚礼的人很多，有的我认识，有的我不认识。大概是为了使参加婚礼的人能够集中精力参观婚礼，婚礼现场不设酒宴，没有桌椅。来宾们或一动不动地站着，或悠闲地来回踱步，许多人伸着脖子往我所站立的这个地方看，就像是在看一场街头大戏。

主持婚礼的是两个人，我是其中之一。

现场的客人分两部分：一部分人的血管里流的是红色血液，是红血客人；另一部分人的血管里流的是黑色血液，是黑血客人。我是第一主持，负责介绍红血客人，另外那个主持人负责介绍黑血客人。我被告知，在介绍红血客人的时候，一定不能伤害了黑血客人，要让现场所有的客人都得到尊重。譬如，我在介绍红血客人的时候，要通过暗示、隐喻等一系列手段让大家感受到，虽说红血客人很优秀，但黑血客人血管里的黑色血液是闪闪发光的，是高贵的。当然，这层意思只能包含在潜台词里，不能直接说出来，因为我必须给另外那位主持人留下足够的发挥空间。

如此高难度的任务，让我感到有点紧张。

一紧张，我获得了透视能力。现场的人一律失去了具体形貌，变成一个一个虚拟的、透明的人体，呈现在我眼前的仅仅是人的血液循环系统。所谓的“人”，也就是由动脉血管、静脉血管和密密麻麻的毛细血管连接而成的一个个网状人体。大概是分工的原因，我只能看见红血客人血管里的血，却看不见另外那部分客人血管里的血。在我的眼里，另外那部分客人的血管是无色的，就像是一些粗粗细细、弯弯曲曲的透明塑料管子。

这可就麻烦了。由于看不见那部分客人血液的颜色，我怎能确定他们血管里流淌的一定是黑血呢？如果不是黑血，而是绿血或白血，抑或是其他颜色的血，我岂不就无法完成今天的任务了吗？非但不能完成任务，反而会给委托我的那位朋友带来麻烦，造成意想不到的后果。

婚礼已经开始，客人们都在看着我，我又不能总是愣在那里不说话。怎么办？

一急，我的嘴巴开始说话了。它说：“红血嘛，是红血；黑血嘛，是黑血；其他任何颜色的血，不是红血，也不是黑血。总之，血就是血。”

我的嘴巴这是跟谁学的，怎么会说出这样的废话！

我的脸一阵发热，心脏突突地跳。我为自己的嘴巴感到不好意思，真想上去扇它一个耳光，把它给拦住。可是，它竟然无视我的存在，像一个权威人士那样，意气风发，滔滔不绝地讲着。

就在我感到万分难堪的时候，一个声音说：“正确。你，得了满分！”

现场突然响起了惊涛骇浪般的掌声……

混形记

有一个东西，它是银白色的，样子像是山的模型，又像是人的头颅，它的名字叫“尖”。此时，“尖”被谁放置在一张桌子上，又似乎是独立地存在于一个虚拟的空间里。

就在我盯着它的时候，从“尖”下端的凹槽处往外涌现一些东西，这使得“尖”看上去如同一个正在绽放的花朵。那些涌现出来的东西，呈颗粒状，像是蚂蚁，又像是铅字，抑或是别的什么东西；这些东西都是活物，会动，它们是从“尖”的体内爬出来的。一个意念在暗示我：是“尖”生出了这些会爬行的东西；同时，也是这些爬行的东西生出了“尖”。这两者，互为依存，彼此互生。

看着看着，“尖”在我眼前动起来，变得越来越大，与它所生出来的东西浑然一体，已经分不出哪个是原来的“尖”，哪些是它生出来的东西。一个意念对我说，眼前这个东西叫“混形”。

我突然意识到：那个“尖”，是我；而“尖”生出来的东西，也是我。原来，这是预先设定好的一堂人生课，这堂课的主题是：我在生“我”。

我，怎么会生出一个“我”来？

我感到好奇，就站在一旁兴致勃勃地边观看边琢磨这件事情。那个叫作“混形”的东西，此时正像一大堆银色蚂蚁，形成一个球状物，激烈地、大幅度地蠕动起来。我知道，它这是在向我演示自己的结构和状态，并向我演示一种叫作“互生”的原理。我明白了：原来，所谓的“混形”，其实是一个精神体，我们可以把它叫作“人脑机器”。

一转身，一位从前的同事出现在我面前。我突然想起来，他是来向我要稿子的。我答应给他写一篇诗歌评论，我曾经对他说，已经写好了，其实并没有写。看见他，我灵机一动，就指着眼前的“混形”——也就是那个“人脑机器”——对他说：“给你写的稿子，就在这个机器里。”那人疑惑地看了我一眼。我解释说：“是那稿子在写稿子——你的稿子就在稿子里。”

那位同事意味深长地看了我一眼，哈哈大笑，径自走进了“混形”里。他是去取稿子了呢，还是去写稿子了呢？如果他走进去了，就等于他变成了我，那么，无论是写稿子还是取稿子，也就等于是我给了他稿子。想到这里，我的心里突然一阵轻松。

虚拟的大地。

在这虚拟的大地与天空之间，出现了一个视界。这视界，仿佛是谁画出来的一道地平线，微微向上隆起；而天空，则是这视界的背景。

一个人，出现在这视界之上，他看上去就是一个剪影。我看见，这个人就是我。

过了眼前这条线，就是另一个世界。他——也就是那个“我”——之所以出现在这条线上，是为了在这两个世界之间确立一个界标。

从当下的态势看，他——也就是那个“我”——并不仅仅是为了做一个界标，他是要到一个地方去——那是另一个世界。他的身体在那条作为视界的线上微微晃动，似乎是在走动，又似乎没有走动，处于“走”与“未走”之间的测不准状态。大概是为了表明他在走动，或者具有走动的欲望和趋势，界面上出现了一个逗号。一个人，一个逗号，构成一个视觉整体。

这个视觉整体的出现，是大有深意的。

原来，眼前这视界是一道填空题，在这道填空题中，相关文字与数据是隐匿的，虚拟的大地与天空是题中的括号——也就是“填空题”中的那个“空”——大地和天空的虚拟性质及其外表的弧形，暴露了这个秘密。这个视觉整体——一个人和一个逗号——正好可以用来填写这道填空题。你想啊，眼前这个世界与另外那个世界之间是空的，既然是空的，那么就需要去填补。我突然明白了：这道填空题所隐匿的文字部分——也就是题目——是这样一句话：为世界赋予意义。呃，这个视觉整体，不是正好符合这个题目的要求吗？因为，一个人，一个逗号，完全可以证明：世界不空，并且变动不居。

这是多好的答案啊！

我站在那个视界的弧线顶端，看着“我”和那个逗号，思考着这个视觉整体的象征意义，为自己的发现而兴奋不已。

“一个男人，一个逗号……一个男人，一个逗号……”我大声念叨着，突然，心里一动。啊哈，这个组合，其实是一首诗的标题，其蕴含的意旨是：世界是变动的，一切的一切，都不确定。

想到这里，我忍不住奔跑起来。

没想到，我这一跑，另外的那个“我”，还有那个逗号，也跟着跑了起来。那个视觉整体，连同那个视界，一下子失去了平衡，乱作一团。我，还有那个视觉整体，猛地滑向另外那个世界，又猛地摇摆回来，于是这个世界与另外那个世界混到了一起。

天啊，这可怎么办？

星际自行车

眼前出现了一个像摩天轮那么大的车轮子。一个意念说："这是星际自行车，它的前轮在天上。"

大概是为了证明自己真的是自行车，这车轮上的辐条从茫茫虚空之中显现。每一根辐条都有水桶那么粗，它们通向天空，与高耸入云的车毂相连；而在辐条的下端与车轮结合的部位，一个一个条帽赫然在目，每个条帽都有三层楼那么高，闪闪发光。整个车轮，时而清晰，时而虚幻，就像是一幅变幻不定的动画。

认定它是一辆自行车，是因为，在这个车轮靠后的地方出现了一个像是自行车后架的东西，在这个东西的一侧，有一个铁丝编织的网状筐子。这是我小时候常见的那种安装在自行车货架两侧的筐子，只是眼前这个筐子有十间房子那么宽，三十层楼那么高。特别令我吃惊的是，这筐子里装满颗粒物。远远看去，这种颗粒物既像是被放大了千百倍的蓖麻子，五颜六色，又像是涂抹了油彩的巨型鸭梨，异彩纷呈。

这是什么东西？

仿佛是在回答我的疑问，一个声音从虚空里传来：

“shou jing luan。”

唔，从语音上判断，可能是“受精卵”，又可能是“手痉挛”，抑或是“受惊乱”……不能确定它到底是什么意思。不过，从语境上看，应该就是“受精卵”这三个字，因为只有名词才能为某种东西命名。

我恍然大悟：筐里装的东西——“受精卵”——其实是一种能量装置。往这里一想，就更加觉得那声音说的是“受精卵”这个词。你想啊，如果太阳的光线是精子，这种颗粒物是卵子，那么，它们结合之后，就会产生取之不尽用之不竭的能量，也就可以推动这车轮不断地运动，也就一劳永逸地解决了这辆自行车所需的动力问题。

想到这里，我更加坚定地认为：眼前这个装置，就是星际自行车。

我伸出双手，想摸摸这辆自行车。就在我刚刚伸出手去，还未触碰到车轮的时候，突然，我的双手像触电那样猛地缩了回来。哎呀，我双手的手指，竟然那样紧紧地缩在一起，怎么也伸不开了。

我的手，痉挛了！

莫非刚才那个语音——shou jing luan——表达的是“手痉挛”的意思？也就是说，那自行车已经猜到我会触碰它，就事先对我发出了警告？

就在我惊魂未定地仰望着那车轮和筐子的时候，自行车带着筐子腾空而起，倏然消失了。

“shou jing luan！ shou jing luan！”我一遍一遍地念叨着。

这念叨声，显然是我的惊叹，那么，那个语音传达的意思，就可能是“受惊乱”。 啊，我终于明白了：星际自行车，其实是一首诗！

在雨中避雨

我沿着一条细细弯弯的土路，侧歪着身子往前走。眼前的空间里，稀疏地分布着一些黑色藤蔓，它们由一根一根木棍支着，看上去就像是一条条翘着头向上攀爬的蛇。这里看上去是一个葡萄园，却又不能确定，这里的一切都有一种虚拟的性质，我似乎是走在一个影像里。不过，地面却是清晰的。远远看去，地上稀疏地长着一棵一棵青草，这些青草原本匍匐在地，青青的，矮矮的，但当我走近的时候，青草突然变得像茂盛的灌木丛，每一棵青草都有人腿那么粗，有农家房檐那么高，而且在继续快速生长。这些草造反了，它们决心不再当草，它们要变成树。

“轰”的一声，园子里人影散乱，一群黑衣人在园子里胡乱奔走，他们一个个身背巨型喷雾器，像抗旱那样朝四下里喷水，白花花的水柱一会儿朝着地，一会儿朝着天，水花四溅。空气中充满了汽油的味道，我突然明白过来：他们喷洒的是汽油！一个身材瘦高的中年男人在指手画脚地指挥着，手里拿着一只打火机。此人我认识，他是一个官职不小的官员，以精明能干著称。他的眼睛朝我瞟过来，却并不跟我搭话，面无表情。本来，我觉得他们这样做是为了对付那些造反的青草，但那人的眼神让我明白，他们是冲我来的，他们认定青草的造反与我有关。

真是天大的冤枉！

下雨了。雨并不大，中雨，淅淅沥沥。不知道这雨是从那些人的喷雾器中喷出来的，还是从天上降下来的，但有一点是确定无疑的：这是汽油雨。

跑啊！

一眨眼，我跑出那园子。可是，天上依然在下雨。我不能确定此时从天上降下来的是汽油还是雨水，但可以肯定的是，我的身上已经浸润了足够多的汽油。如果那个人按下他手中的打火机，我能逃过这一劫吗？我在雨中茫然地走着，提心吊胆地琢磨着。

突然间，两个人影从我面前一闪而过。

从他们的背影看，是我的两个同学，他们一个是人事部门的官员，一个在反间谍机构工作。他们大概是从我出逃的那个方向来的，他们一边像影子那样行走，一边在紧张地说着什么。他们的影子和声音，像灰黑色的烟雾，在他们身后丝丝缕缕地飘着。

一个声音说："在雨中避雨。"

不知道这话是不是我那两个同学说的，也不清楚这是什么意思，我只是看见，那个手持打火机的人正在朝我走来……

袜子地图

这是一个螺旋状天坑，它深不见底，似乎通向地狱。

我不知道自己是怎么进到这个地方来的，只感到这是一个独立且迥异于人间的另一个世界。我注意到这一点，是因为在这里，我每只眼睛的水平视野只有大约十五度，而且两只眼睛的视野互不交叉；更奇特的是，我的目光投向哪里，哪里就变得清晰，其余的地方都是昏暗和模糊的。

啊，这里是一座监狱！

狱方通过控制视野的方式来控制囚犯，使他们无法逃出去。

当我明白了这一点之后，就上下左右地晃动脑袋，我要通过对天坑环境的扫描，在脑子里绘制出一幅完整的地图。我这样做的目的是确定我的方位坐标，然后想办法逃出去。

我看见——其实是感觉到——天坑螺旋状的道路上行走着三三两两的人，他们似乎是在走，又似乎是在晃来晃去。我也在这道路上走着，不知道是在向上还是在向下。正走着，我看见两个女孩子，一个是我的学生，一个是我的部下，她们从我面前走过，却没跟我打招呼。我有点生气：怎么如此不懂事！当然，她们也许没有看见我——按照逻辑，她们的视野应该比我的视野还要狭窄。我的目光追踪着她们，看见她们走到我脚下某条道路上，坐在路边一块石头上专心致志地看着手机屏幕。我晃动脑袋，看见她们的四周出现了几个盯梢者，那是几个男人，正在悄无声息地靠近她们。这里的每个人都是被盯梢的，我当然也是被盯梢的，却不知道监视我的人是谁。我不知道她们会遭遇什么，但我分明感到她们身处险境。

这时候，在我的视野里，突然出现了一个人，几个彪形大汉在四围保护他。原来，此人是我的一个老朋友，听说他如今身居高位。他的出现，使我松了一口气，我知道，我可以逃出去了。于是，我沿着一面陡坡，笔直地向上去，一转身，就来到一座房子里。

啊，我逃出来了！

这房子是悬空的，墙壁上悬挂着白色纱帘。我撩开纱帘朝天坑里看，发现天坑像一个巨大的陀螺，以极慢的速度转动，天坑里的情景在我眼前一点一点呈现，就像是一部正在放映的球幕电影。我竟然可以清楚地看见我的那个学生和那个同事，我发现她们依然被人盯梢，而她们却对此浑然不觉。我想打个电话给她们，让她们注意身边的人。我突然发现，我的身边站着一个瘦高的男人，他就是那个负责监视我的人。

此人虽说是在监视我，却没有限制我的自由，这大概是我那位高官朋友特意安排的。我心里有数，知道他不敢对我过于造次，于是就大步走出那房子，沿着一条山间小路往前走，边走边跟那个男子说话。从他的语音判断，他是我的老乡。我突然停下脚步，大声问他："我的家在哪儿？"他笑了笑，不吱声。

呃，有办法了！

我弯下腰来，脱下鞋子，接着脱下袜子，拿起袜子仔细看。袜底上有一条一条纵横交织的纹路，这些纹路构成一幅地图，这就是“袜子地图”。这幅地图，与我的脚纹一模一样，只要沿着这幅地图上的纹路往前走，我终将找到自己的家。

哈哈，这个秘密只有我一个人知道！

我感到一阵轻松，捧着袜子，按照地图标示的道路往前走。那个监视我的人自然不晓得这个秘密，像个傻子那样懵懵懂懂地跟着我。我已经不担心自己了，唯一让我感到不舒服的是，有此人跟着，我无法跟我的学生和同事打电话。

我的心又狂乱起来……

脑赃

我躺在被窝里，感到很舒适。周围有很多人，他们在开会，我也在参加会议。

我的被窝离主席台很近，参加会议的人早就到齐了，会议依然没开始，主席台上坐着一排人，却没有一个人出来主持会议。现场一片静默。静默的时间很长很长，感觉有一年那么长。我焦急起来，于是从被窝里爬出来，走到一个光头男子面前，试探性地低声问他：“谁来主持会议——是你，还是我？”那人回答说：“我。”我这就放心了，继续钻进被窝里。

主席台上那个答应要主持会议的人，此时朝台下大声地说着什么，他口齿不清，语义含混，我听不明白他在讲什么。我感到，他是故意让人听不明白的。

突然传来一个意念：上半场结束了，下半场是看病。

主席台上有我的一位老朋友，他是一个地位很高的人。他通过意念对我说：“给人看病的是一位副省长，他同时是一位名医，轻易不给人看病，今天是义诊。你去吧，报上你的名字。”

人们乱哄哄地往外走，是去看病，也是去参加下半场的会。

在被窝里躺着挺舒服的，怎么又要起床呢！我心里很不情愿，却又不好意思拂了那位朋友的好意，就很勉强地从被窝里起身。床边的椅子上放着几条裤子，我挑来挑去，挑了一条套着秋裤的裤子穿上，随意挑了件上衣披在身上，匆匆忙忙跟着参加会议的人们往外走。

我来到一个像是大酒店的地方，在一个走廊里排队。面前排着长长的队伍，我感到着急，就伸头朝前看，发现队伍最前头那个地方竟然空无一人，我就绕过眼前的人，径直走到那个空地上。在一个主席台似的长条形木头几案后面，一个留着大背头的中年男子——他就是那位副省长，此前我只是知道他的名字却不认识他——正端端正正地坐在一把椅子上。我自信地大步走到他跟前，大声报上我的名字。他看了我一眼，没一点反应。我大声重复了一遍，他仍无反应。

我大窘，不知道接下来该怎么办。那位副省长——名医——端起一只白色瓷盘，瓷盘里装着一些粉红色的粉浆，粉浆里掺杂着一些花瓣，我急忙拿起一个瓷盘迎上去，他把粉浆倒进我的盘子里，一边倒一边说："这是治肾病的。"他的意思是，这不一定对你的症，这只是一般性配方。我的心里对他充满了敬意，甚至是充满了敬畏，觉得能得到他的药是很荣幸的，也就顾不上是什么药了，但凡是他的药，都是好的。我端着盘子站在那里，发现长条形木头几案上有两只装着同样粉浆的盘子，我拿起其中一只，将粉浆倒进我端着的盘子里。我觉得，这是好东西，剂量大一点也许效果会更好。

一转身，我走在一条小路上。前前后后都是人，我不知道这是不是又一次转场。我和我的妻子在一起。听见一个人说："今天下午他还看病。何家山，在左边。"我心里一动：何家山？ 这是地名，还是人名？ 既然那人说“在左边”，那大概就是地名了；不过，也可能是人名，如果是人名，“在左边”就不仅是指他所处的方位，也可能代表着他的思想倾向。

我这样想着，就沿着左边的岔路往前走，走着走着，走进了一个像是迷宫的建筑里。 这时候，我听见妻子在我身后的一个房间里低声说话，我转身看去，却不知道她是在哪个房间。

我走出那个迷宫，来到一处开阔地上，在那里等她。 等了很久，依然没见到她。 我拿出手机，想给她打电话。 一看手机，我拿的竟然是她的手机！

我的手机呢？ 大概是她拿着的。 我想用她的手机打电话，发现她的手机锁屏了，我不知道密码。 我翻来覆去摆弄她的手机，这时候，她手机的屏幕突然亮了，显出两个红色大字：“脑赃。”

我明白了：这是那位医生发来的病历。 他一定是诊断出了我的病，却不好意思直接告诉我，于是就把我的病历发给了我的妻子。 如果是这样，我和妻子的手机就是被他调换的。

妻子的手机打不开，我想借一个手机给她打电话。 呃，不行，我忘记了自己的手机号码。 唉，莫非我真的得了那个叫作“脑赃”的病？ 我的心怦怦直跳。

影子的自画像

有人要给我画像。

这是在一座大房子里，没见到那个要给我画像的人，我们之间用意念进行交流。我对那人说："对我五官的描绘一定要精准。"可是，最终呈现给我的，却是一张像长把南瓜那样的肖像画，它高度抽象，鼻子、嘴巴和眼睛像是小孩子用蜡笔胡乱画出来的几个大小不一的圆圈。

我对这个结果很不满意，就赌气地在一片开阔地上大步走着。

突然，眼前出现了一条一条五彩缤纷的道路。这些开满鲜花的道路，呈辐射状通向天边。路边，遍布香草和绿树，配上蓝天白云，是一幅绝美的风景画。我心里一动：应该选取一个风景，作为我肖像的背景，这也许是拯救它的唯一办法。

我回到那座大房子里。这里已经不再是刚才那个空间，而是一个完全陌生的大厅。我看见，在大厅中间那把太师椅上，坐着一个看上去有五十多岁的男子，他表情高傲，神情冷峻。我知道，这是一位大师，于是就请他选取一处好的风景，与我的肖像画相融合，使之成为一幅完美的画作。他答应了，却没有行动，而是用无声的言语对我说：“你的肖像是有意识的，它会自己寻找合适的背景。”那人顿了顿，接着说：“那幅画像，其实是你影子的自画像。”

原来如此！

也就是说，为我画像的是我的影子。我突然明白那幅画像为何是那副鬼样子。原来，影子把自己的形象当成了我的形象。由此看来，影子就是影子，它再聪明，还是比人差得远呢。

虽然那是影子的自画像，但毕竟是我的影子的自画像，况且，它曾以我的画像的名义公开展示，那么，我就有义务来拯救它。

怎么拯救呢？

呃，还得用刚才想到的那个办法：背景还原法。

那幅肖像画显然是明白这个道理的，它起身沿着一条土路大步走起来，它要去寻找自己的背景。遗憾的是，我明明知道它是在路上走着的，但看了半天，却还是没看见那幅肖像画在哪里。莫非它被这条路和眼前的风景吞没了？当然，还有一种可能：跟天气有关——此刻，正是阴天。

它是否找到了合适的背景？如果找不到，它将会是什么样子？还有，这幅画像，是我影子的自画像，光有合适的背景还不行，还必须找到我的影子——影子就是它的背景。但问题是，影子的自画像是自己出走的，我的影子没有跟上来；或者，影子在半路上把自己走丢了。如果找不到我的影子，那肖像画就找不到我；找不到我，它就无法与我合体，它的面目也就只能是模糊的。一个面目模糊的东西，又怎能以肖像画的名义立身于世呢？ 更严重的是，如果找不到我的影子，我岂不成了无影之人？ 一个无影之人，还能作为“人”生存于这个世界上吗？

哎呀，这都是我的影子——那个说要给我画像的家伙——惹的祸！

我想把我的影子找回来。 可是，一个丢失了影子的人，还能找到自己的影子吗？